我們告別的時刻

◆

◆

陳德政

THE LONG GOODBYE

我們告別的時刻

國家圖書館出版品預行編目（CIP）資料

我們告別的時刻 / 陳德政著. -- 初版. -- 新北市：大家出版：遠足文化發行, 2018. 04
面； 公分

ISBN 978-986-95775-9-5（平裝）

855　　107004252

作者·陳德政 | **特約編輯**·歐佩佩 | **攝影**·李盈霞 | **設計**·劉克韋 | **排版**·謝青秀 | **責任編輯**·賴淑玲 | **行銷企畫**·陳詩韻 | **總編輯**·賴淑玲 | **社長**·郭重興 | **發行人兼出版總監**·曾大福 | **出版者**·大家出版 | **發行**·遠足文化事業股份有限公司　231 新北市新店區民權路108-2號9樓　電話：(02)2218-1417　傳真：(02)8667-1065　劃撥帳號19504465　戶名·遠足文化事業股份有限公司 | **法律顧問**·華洋國際專利商標事務所　蘇文生律師 | **定價**·320元 | **初版一刷**·2018年4月 |

給我這一代人

for my generation

B面

輯2：2003—2016

C面

D面

致謝

序曲・重回現場

「無論你最後選擇了什麼，愛你所擇。」

電影《新天堂樂園》尾聲，失明的老放映師緊緊抓著即將離鄉的主角，送他這句生命的箴言，「聽著……」放映師的手微微顫抖著，「別回頭，別寫信，別想起我們，永遠不要回來。」

火車緩緩駛離小鎮的車站，母親站在月台上揮手，放映師撐起了枴杖，對空曠的軌道擦著眼淚，主角從車廂裡探出了頭，凝視著在他眼前不斷向後退的過去，那些人情和事物終將消解在時間裡，輪廓只會愈來愈模糊。或者，其實是愈來愈清晰？

主角信守諾言，未再踏回家園一步。三十年後，他已是一位受人尊敬的導演，一夜母親來電，通知他放映師過世了，葬禮就在明日。主角拖著無聲的心事搭上飛機，重回那片鄉土，在褪色的街道和舊日的幽靈錯身而過，送行的隊伍內浮現出一張張熟悉卻又蒼老的臉，廣場旁的戲院已然傾頹，整座小鎮化為一個斑駁的記憶。

但那記憶的頂端依然滲著微光，底部沉積著珍貴的物質，表面散發出一股餘溫，貼近耳邊，還能聽見時間的迴響。

THE LONG GOODBYE

intro

人生不是電影，不過當一個人來到生命的中場，自然會想回頭望一望，確認自己是如何走到了「這裡」，而這一路上迎來了什麼，又告別了什麼。一位我喜歡的導演是這麼說的：前進的唯一方式是記得自己的過去。

身為一名將滿四十歲的寫作者，這些年我確實感覺到身心的變化——倦怠的感官、不復牢靠的記憶力、對所擇之事漸漸疲乏的熱情，以及覺察到上述種種之後萌生的自我懷疑。

那不過是中年，長者如是說，不同的人會有不同處理它的方法，我能做的依然是透過文字，去過濾、去補充那個我曾經認真活過的年代，試著將現場重建起來、把線索串在一起，替塵封的場景重新打上光，看看時間的深處還留下了什麼。

這種梳理過去的行為也許是一種自我修復的手段，但我更希望在這個漫長而辛苦的過程中，記下了幾則還算深刻的故事，如果誰無意間翻起這本書，會在字裡行間發現自己曾經存在的證明——我們曾經真實存在著，不是嗎？

我把這本書想像成是兩卷錄給朋友的 Mixtapes，理想的閱讀順序是從頭到尾線性進行，重讀時則可以自由地回播或是跳過。我盼望，一個聲音、一個逗點、一個重現的時刻，一切終有意義。

我們開始吧！從 A 面第一首。

Volume 1

1989—2001

SidE A

SidE A

1. 單車上的春風少年兄

阿水是我在班上最好的朋友。

我們在同一年進了國中，被命運安排到相同的班級，兩個人都是高個子，在教室的最後一排坐隔壁，一起幹些調皮搗蛋的事，幫自己在課堂上存活下來，否則，上課實在太無趣了。

都是一些十三歲的男生喜歡幹的勾當：看漫畫、吃零食、寫惡作劇的信給對面女生班的班花，或是趁老師寫黑板的空檔用橡皮筋彈前排同學的後腦勺。有時膽子再大一點，交換改考卷時會把對方錯的地方塗上正確答案，再用紅筆劃上一百分。

我們是稱兄道弟的哥兒們，臉上都有擠不破的面皰，留著矬矬的平頭（那保守的年代仍有髮禁呢），我的內心卻隱隱覺察，我們在本質上是很不同的人，有著相異的成長背景和價值觀，那似乎也暗示著，等在兩人前方的會是很不一樣的未來。

他來自社區小學，同學們五湖四海，一個年級塞了好幾十班；我被爸媽遷戶口去讀人數稀少的「實驗國小」，鄰近的師範學院每學期都會派應屆畢業生過來擔任實習老師，而教務處門口掛著一面「請說國語」的告示。進國中前我被保護得很好，台語說不上幾句，彷彿在一九八〇年代的教育體制下，台語是某種野蠻的象徵，必須被禁絕，或至少不能擴散。

然後，眾聲喧譁的九〇年代降臨，林強來了！

一九九〇年底，《向前走》由滾石唱片發行，林強用新派的台語歌顛覆了僵化的教條，他意氣風發地高舉著右手，在台北車站的大廳唱歌、跳舞，身上穿著鬆鬆的高腰牛仔褲，中分的髮線是時代的印痕。

突然間，每一個被隔在首都那座高牆外的年輕人都好想進城打拚，親眼看看那一棟一棟的高樓大廈，因為他們堅信，就像歌中描述的那樣，什麼好康的都在那裡。

專輯發行時我才小六，還得再熬幾年才有資格坐上那班擁擠的北上列車，不過，我的思想卻被那些歌曲先行解放了，教務處門口那面「請說國語」的告示在我的視線中失去了光澤，漸漸變得可疑起來，它所代表的權威性也持續在我心底崩解。

林強讓許多人知道，「沒關係，說台語也是可以的。」甚至是「說台語是酷的！」還有最重要的一點——凡事並非只能有一種選項。

阿水嚼著一口道地的台語，平常在學校反而不習慣說國語，他聽我台語說得「離離落落」，義不容辭擔任我的台語老師，讓我可以打進同儕的圈子。他先教我聽懂，再教我發音的方式，練習的範本取自一九九二年問世的《春風少年兄》，整張專輯都是我們鮮活的教材。

那是林強的第二張作品，同樣是由真言社製作，發行廠牌則由滾石轉移到日系的波麗佳音，是波麗佳音在台編號一號的創業作。當時的青少年人手一卷卡帶，封面上的林強從中分轉換成小瓜呆的髮型，帶起另一波風潮，「我要剪成這樣！」好多青年學子拿著歌詞本到社區的理髮店，指著那張照片請阿姨在動刀時做參考。

同年稍晚，L.A. Boyz也在波麗佳音出道了，三兄弟的首張專輯《閃》一舉帶動台語嘻哈的熱潮，其實林強開始饒舌的時間點還要更早，《春風少年兄》的第一首歌〈溫柔鄉的槍子〉，他就在俗豔的那卡西電子琴伴奏下，用說書人的口吻道出一則買春的故事。

詞句間暗藏著各種關於性的隱喻，我和阿水聽得似懂非懂，曲末女人欲仙欲死的叫春聲（還添加echo效果）更讓發育中的男孩聽得心慌意亂，我們差點沒把磁條從卡帶裡拉出來，檢查是哪一段被魔鬼入侵了。一邊聽，阿水會用下半身對空氣做著前進突刺的動作，他在替自己的槍子暖身。

經過二十多年，那卷卡帶早已不知去向，我到唱片行買回後來重發的CD，聽出好多當初無法理解的細節，譬如〈我是為你好〉的結構與音色都「非常的R.E.M.」，尤其那朝氣蓬勃的口琴聲與林強宛如R.E.M.主唱麥可史戴普上身的「嗚呼」；又譬如，〈玉蘭花〉的間奏原來取樣了百老匯作曲家喬治蓋希文的〈藍色狂想曲〉。

但最教我想念的，是阿水的身影，如果將每首歌加在一塊兒，好像就能拼出一個完整的他，拼出我們曾經堅定不移的友誼。

國二的帶動唱比賽，他在操場頂著烈日帶領全班大跳〈我的頭殼有問題〉，一邊用手敲響自己的腦袋；午休時他怪腔怪調唱起〈拜六的晚時〉那句「Rock & Roll can touch my heart」，興奮地問我他的英文標不標準；掃地時間我們摸魚打混，他一邊把掃把當成麥克風，鸚鵡般重複著〈花心大少爺〉那句「ㄆㄚˇ小姐」，一邊和我打賭誰會比較早ㄆㄚˇ到馬子。

我們讀的是升學主義掛帥的學校，國三時能力分班，阿水不愛讀書，被流放到校園邊疆的放牛班；他加入幫派，學會逞凶鬥狠，成為進出訓導處的常客。每天午休，訓育組長在玄關用藤條修理人時，會傳來幾聲驚心動魄的慘叫，傳遍了整個校區，我趴在書桌上，睜大了眼睛，好擔心其中會聽到阿水的聲音。

聯考前幾個月他來好班找我，約我放學後到校園角落的樓梯間碰面，我赴約時他正蹲在地上抽菸，我要他讓我哈一口，他斷然拒絕了，「你是好學生，不要碰那個。」他若有所思地起身，靠著樓梯的扶手柔聲唱起了〈查某人〉，開始對我傾訴他和馬子的事情。他說，畢業後想去車廠當黑手，存夠了錢才能快點把她娶回家。

那是我第一次聽阿水談起他的「生涯規劃」，也是第一次在那張總是茫然的臉上，見到那種甜蜜的表情，我覺得阿水的馬子很幸福。

沒和他同班後我的台語退步了，他嘴裡叼著菸，用手摟住我的脖子，逼我和他一起唱完〈查某人〉，我唱得七零八落，他取笑我，我不介意，因為他是我的兄弟。

我最後一次看到他是一九九四年的夏天，我考上了第一志願，暑假結束後就要開學，他準備去一間私立的五專讀夜間部，學修車。我們和另一個朋友湊了一隊，報名三對三鬥牛賽，地點在體育公園的籃球場，我投失了幾個中距離，他搞砸了幾個簡單的籃下擦板球，我們第一場就被別人刷掉了。

領完給淘汰者的安慰獎，兩人騎著單車到健康路的冰店吃冰，阿水騎著腳煞的單速車（台語叫作「咖動」），我騎的是彎把的捷安特，那是我考上好學校的獎勵。吃完了冰，我們一路騎回城東，他一直騎在我的前面，騎車的樣子好輕鬆，早就把球場上的失利拋在腦後。

來到林森路與東寧路的交叉口，他繼續向前，我往右轉，我們的人生就此分岔了。

《春風少年兄》裡我最喜愛的一首歌叫〈祝福您大家〉，是陳昇作的曲，由林強填上詞，編曲人是黃韻玲。每當聽見那首歌，我總會想起阿水，想起那個萬里無雲的夏日午後，我們在單車上各奔前程時，他轉過頭來和我說再見的臉龐，是那麼徬徨，卻又如此篤定，是那麼青澀，卻又飽經風霜。

他還記得我們曾經說過的話嗎？發達了嗎？是否為了養家活口做起小生意，過著為五斗米折腰的生活？

我仍盼望著哪一天回到故鄉時，走在路上巧遇他的時刻，我希望我倆都未被現實的社會改變太多，可以在第一時間認出彼此，或許，他也會想聽聽這麼多年來我台語緩慢的進步。

在那之前，祝福您大家。

2. 沒有煙抽的日子

爸爸代步的摩托車是一輛SUZUKI的打檔車，綠色油箱的兩側印有大同公司的紅標誌，是公司派發給員工的公務車。我讀小學時，媽媽教書的地點遠在外縣市，工作崗位離市區較近的爸爸，會在下班後趕來補習班接我回家。

是當時常見的家庭式兒童美語教室，性質更接近安親班，課前有飲料喝，課後有麵包吃，一群吱吱喳喳的小學生在板凳上啃著ＫＫ音標。教室選用老師家的客廳，窗外有一條幽靜的窄巷，幾株快要和公寓齊高的老樹佇立在窗檯前。

每次下課後我會到南門路上的便利商店買一杯超大杯的思樂冰，站在公寓門前等待爸爸的出現。馬路上有那麼多摩托車在奔馳著，每一輛車發出的聲音明明都差不多，我偏偏就能辨認出爸爸那輛特有的聲響，藉由引擎的運轉聲、輪胎與地面的摩擦聲，以及爸爸轉彎前踩煞車的習慣。

那不光是經驗累積出的判斷力，更是一種難以言喻的血脈相連感應，就好比兒女總能察覺父母在家輕輕移動的腳步聲，在他們打開房門之前先把見不得光的事物收拾妥當了；父母當然也清楚，就在剛剛的電光石火間，兒女已藏匿好犯罪的證據。

轟隆隆！轟隆隆！熟悉的引擎聲由遠至近，捎來爸爸即將抵達的信息。正值壯年的爸爸從街角瀟灑地彎進來，把車子精準地停在我身前，我迫不及待跳上後座，享受父子倆在馬路上穿梭的時光。

這年我十歲，開始要對國語流行音樂產生興趣，每週五晚上固定會守在收音機前，鎖定中廣流行網FM103.3的《知音時間》，聽主持人羅小雲用她機關槍式的飛快口吻報榜，一邊在腦子裡把第十名到第一名的順序都記下來，隔天再到班上和同學討論。

只要簡短的幾秒鐘，羅小雲就有本事把每一首歌的背景交代仔細：作詞人、作曲人、發行的廠牌。當時每兩首暢銷金曲就有一首出自「陳樂融作詞、陳志遠譜曲」這對創作拍檔，讓我頗以自己的姓氏為榮，而當紅的藝人過半來自飛碟與滾石這兩大本土廠牌，其他還包括喜瑪拉雅、歌林、可登、上格與福茂唱片。

國際大廠牌即將在島嶼上扎根，西洋樂壇火熱的「群星義唱」概念也被援引進來，先有〈明天會更好〉，後有〈快樂天堂〉，這兩首深具教化意義的歌，像印章深深蓋在每個台灣小孩的心窩，電視在播、廣播在播、朝會時播、午休時播，連放學都在播，沒有一雙耳朵逃得過那旋律的浸染。

強大的傳播效應下，一個個沉睡的心靈被敲醒了，他們慢慢張開了眼睛，看見一個有哭有笑，也會有悲傷的地方，就此發現他們擁有同樣的陽光，更擁有同樣命運的歸屬。

我雙手環抱住爸爸的腰際，和他在城區內穿行，我們的回家路線必定會經過北門路，台南的唱片行都集中在那裡，如果我在《知音時間》聽見喜歡的專輯，會請爸爸停在店門前，自己下去找。他會從西裝褲的口袋掏出兩張皺皺的百元鈔給我，找剩的就當零用錢，前提是，那陣子我在學校的表現良好。

時間是一九八九年七月，唱片行的架上堆滿同一卷卡帶，牆上也貼滿同一張海報，彷彿普天之下只有那張專輯是重要的，具有陳列的價值。封面上有名身穿軍服的阿兵哥對前方敬禮，他戴著黑框眼鏡，木訥的表情散發濃濃的書生氣息（或者說，菜鳥氣息），一行小小的標語寫道：「向學生告別，向明天致敬。」

我所尋找的專輯，是張雨生的《想念我》。

一九八七年國民黨政府宣布解嚴，進而解除黨禁與報禁，並且開放大陸探親，隔年一月蔣經國總統便過世了，回溯起來，張雨生是台灣接連經歷了解嚴與國殤後，第一個屬於全體國人的青春偶像。

蔣總統過世後不久，YAMAHA舉辦了第一屆全國熱門音樂大賽，前者代表保守、壓抑的強人治理時代的終結，後者則象徵開放、自由的青年文化的崛起，兩樁看似無關的事件，卻標示出歷史演進的巧合，以及必然。

大賽中，張雨生與所屬的金屬小子樂團（Metal Kids）拿下優勝與最佳主唱雙料殊榮，旋即被製作人相中，量身替他打造黑松沙士的廣告曲〈我的未來不是夢〉，一舉轟動整座海島。

彼時的台灣正面臨轉型的關卡，迫切需要一個充滿抱負的榜樣，一個願意登高一呼的身影。張雨生氣質清新，談吐幽默又誠懇，儼然是新世代青年理想的樣貌，仍在找尋方向的社會於是緊跟著他，吸收從他身上滿溢出來的正面能量，向前衝刺與突圍。

衝啊！投資人再加把勁，股市就快攻上萬點了！

突破啊！公民們再團結些，把威權年代奉行的單一價值觀敲碎，豐富成互相尊重的多元主義。

一九八八年，張雨生的首張專輯《天天想你》問世，它呈現出一種嶄新的聽覺，感染了一整代人，第一首歌〈跟著我〉便將那張躍入未來的路線圖給描繪好了：

跟著我，跟著我，奔向無憂無慮的星球
跟著我，跟著我，追求一種作夢的自由

他有膽識要人們跟著他，人們就放心跟著了。他有自信高喊〈和天一樣高〉，疾呼〈沒有不可能的事〉，人們就不疑有他了。

熱音大賽結束後，大會邀集參賽隊伍灌錄了《烈火青春》紀念專輯，同名歌曲由張雨生擔任主音，同屆的歌手張啟娜、邰正宵與東方快車合唱團的主唱姚可傑接力演唱，首開台灣熱門音樂史上「超級樂團」（Supergroup）的先河。

忘了是在哪個節目上看到的，一夥人受邀到攝影棚演出〈烈火青春〉，張雨生穿著乾淨的白T恤，下襬扎進褲頭裡，留著清爽的好學生髮型，與想像中的「金屬小子」截然不同；姚可傑站在他旁邊，一身皮衣與牛仔褲的帥氣打扮，還蓄著一頭濃捲的長髮，那個樣子感覺正宗多了。

即使節目的燈光效果令人眼花撩亂，幾個大男生依然臨危不亂，力求把歌唱好。張雨生嘹亮的高音第一個衝出來，又快又準，直直落在拍子上：

沸騰的夜在跳動，跟著搖滾的節奏

讓人蠢蠢欲動的原始呼喚就是這麼一回事了，在音樂的刺激下，所謂的身體感，所謂靈魂的律動。

我那時哪懂什麼叫搖滾的節奏，課後不是得上才藝班，就是只能窩在家裡做功課，尚未嘗過那種沸騰的滋味。但我聽到一個特別出眾的聲音，當幾位歌手同聲飆高，張雨生的音色就是比別人純粹，聲音的亮度硬是高了一級，他的聲線自然會壓過並且覆蓋掉其他人的頻道，他是高手中的高手。

很快地，〈烈火青春〉成為救國團團康活動的指定伴奏曲，多少青春男女的乾柴烈火在旋律的助燃下熊熊燃燒起來。國中時我加入童軍團，為了參加全國大露營和夥伴們勤奮練習火球舞，夜色中我們在操場邊一字排開，雙手甩弄著燒燙的火球，橘紅色的火星在身邊爆裂，然後散開，搭配的也是這首名字裡就帶火字的歌。

幾年後我開始接觸西洋搖滾樂，聽見歐洲合唱團（Europe）的名曲〈倒數計時〉（The Final Countdown），當下突然明白了，同時代的創作是會互相染色的，原來啊！〈烈火青春〉的靈感是源自於這裡，整首歌的風格肯定是受〈倒數計時〉所影響。

一九八九年春天，張雨生已是家喻戶曉的紅星，飛碟唱片集合《烈火青春》的陣容外加三人女子團體星星月亮太陽（名稱是參考港片《月亮星星太陽》），以及即將晉升巨星地位的王傑，替偶像電影《七匹狼》灌錄原聲帶，這群歌手同時被設定成各種角色在劇中演出。

《七匹狼》由飛碟唱片的老闆擔任製片，是台灣影藝史上首度經由縝密策劃的「複合式、跨媒介」行銷案例，堪稱後來偶像劇的濫觴。雖然歌手們的演技生澀了些，多年後七匹狼究竟是哪七匹也沒人弄得清楚，大家卻都記得，A面第一首〈永遠不回頭〉超級經典，記得張雨生要我們在風雨中，和他一起向前衝。

那個年代裡，當紅歌星半年出一張專輯是正常的速度，短短一年之內，張雨生旋風般席捲了樂壇，歌唱事業如日中天之際，卻碰上台灣男歌手都得面對的兵役。那時當兵可不是夏令營式的隨便當當而已，得數兩年的饅頭，那段漫長的期間會發生什麼事情，退伍後能不能繼續走紅，無人可以擔保。

飛碟趁他入伍前順勢發行了第二張專輯《想念我》，宣告張雨生暫別演藝圈，歌詞內頁印著：「一九八九年夏天，張雨生第一個沒有暑假的夏天。」那也是我們第一個沒有張雨生的暑假。

國民偶像從軍去了，是廣受矚目的一件大事，一位漫畫家靈機一動，以張雨生在兵營內遭遇的烏龍趣事為主題，在報上連載一系列四格漫畫《張雨生大兵日記》，舉凡凶巴巴的班長、笑裡藏刀的政戰官、妖嬌的福利社女店員、摸魚打混的伙房兵、成天被老兵教訓的同梯弟兄等典型的軍教片角色，漫畫裡一樣不缺。

那部漫畫有個非常有趣的設定，營長是張雨生的歌迷，他總能受到特別的關愛與照顧（套句時下的術語，他享有「主角威能」）。好像也非得如此不可，若誰敢在部隊中欺負張雨生，全國民眾都會和他過不去的。

我拎著卡帶回到唱片行門口，「買了什麼呢？」爸爸問我，我把卡帶拿出來，他看了一眼說道：「喔，學弟呢！」爸爸也是政大的校友，張雨生雖然小他很多屆，讀的也是不同的系所，稱呼學弟仍有一份親切感。

時光荏苒，我跟隨他們的腳步進了政大，一九九七年十月的一個傍晚，大二的學長帶我到校園內的憩賢樓吃自助餐，餐廳的電視機正播著晚間新聞，就在那樣的時空環境下，我得知張雨生在淡水出了嚴重的車禍，有生命的危險。

餐廳裡鬱積著一股沉重的氣壓，周遭是一張張惶惶不安的面孔，大家擔心著，沉默著。有人在椅子上哭了，有人抱緊身旁的同學，張雨生太重要了，他不能就這樣走。

校園內發起了祝禱活動，學生會在四維堂前點上祈福的白蠟燭，同學自動自發輪班守夜。演藝圈也火速串聯，由張雨生一手拉拔的新星張惠妹演唱〈聽你．聽我〉，做為募款的單曲。台灣社會上上下下都在替他集氣：雨生，再撐一下！撐久一點！直到你醒過來。

在加護病房昏迷了三個星期，張雨生走了，年僅三十一歲，他驚人的才氣一併被風吹滅，高亢的歌聲自此成為絕響。追思會舉辦在政大半山的藝文中心，透過電視全國直播，那是一個微涼的週末早晨，我從山上的男生宿舍向下眺望，看見等待入場的人潮在山腰上蜿蜒，隊伍安靜集結著，一路延伸到學校後門的位置。

《想念我》問世至今快要三十年了，如今的學子們已完全錯過張雨生叱吒風雲的年代。二〇一四年三月二十四日凌晨，我坐在台北的街頭，忽然憶起專輯中那首好久沒聽的〈沒有煙抽的日子〉。

六四事件期間，台灣藝文界隔岸聲援，先有群星慷慨義唱〈歷史的傷口〉，後有張雨生借用學運領袖王丹的詩，譜下〈沒有煙抽的日子〉。當年六月與這個三月，事件的本質當然極不同，不能一概而論，然而誠如王丹所言，相同的關鍵詞也有許多：學生、理想、熱情、付出，還有愛。

歷史會如何定義這個當下，唯有未來的歷史有資格判讀。我看著身旁一個個年輕無助的身影，在跋扈的國家機器面前垂著頭、喪著氣，未來是屬於他們的，他們會有自己的張雨生，自己的《七匹狼》，自己的〈沒有煙抽的日子〉。

我在微光的十字路口向朋友道別，回家途中點起了一根菸，在灰色城市的街頭抽掉了一些無奈，天空也飄下了幾縷雨絲。

馬路邊停滿了鎮暴車，一位年輕的爸爸騎過層層的拒馬，準備載小孩去上學。小孩的手緊緊抱著，爸爸專心騎著，似乎不清楚這條路上剛才發生的事情，對於他們父子倆，世界照常運轉中，今天不過是各自長大與變老前，另一個平凡的日子。

3. 坐南朝北

在我國中的階段，長期都在南部分公司上班的爸爸，接獲總部傳來的通知，有一個調職到北部的機會，那意味更高的頭銜、更好的待遇與更佳的工作環境，卻也代表著，必須犧牲與家人相處的時間，轉換已經熟悉的生活方式。

除非我們舉家搬遷到台北，在一座新的城市定居，除非一切從頭開始。

對於多數的家庭，這都是個艱難的決定，我尚未擁有足夠的發言權，只能偷偷聽大人們討論，那段期間，晚上我關在房間寫作業時，常會聽見客廳傳來爸媽的說話聲，持續到很晚。北上的前程看似光明美好，卻充滿不確定性，是否要放手一搏，他們舉棋不定。

我知道爸媽的思考基礎中，家裡年紀最輕的我是主要的考量，姊姊即將升大學，媽媽可以尋覓新的教職，而我仍有一段路途迢遙的青春期，轉學勢必會帶來各種波動，當我告別自己的出生地，告別所有的朋友，能否適應那座陌生的城市，藏有太多的變數。

純樸的台南相較於五光十色的台北，顯然是一處更讓人放心的環境，幾經考慮，爸爸婉拒了再上一層的機會，雖然從未對我明說，我猜關鍵的因素，是他們希望我能享有一段安穩的成長歷程。

高中聯考後的暑假，全家人計劃一起到美國旅行，一家四口在台南火車站搭上自強號，準備北上申辦美簽。那是我記憶所及，第三次前往台北而已，沿途看著車窗外的翠綠田野漸漸被櫛比鱗次的樓房取代，我按捺不住興奮之情，片刻都睡不著。

在當時不算多的遠行經驗中，搭火車出遊是一件太有樂趣的事，車上充斥著不尋常的情節，每條支線同時都在延展。

「請問需要便當嗎？需要礦泉水嗎？」

車掌小姐穿著白襯衫與改良過的西服，頭上戴的小帽形似壓扁的海綿蛋糕，在走道上推著餐車詢問旅客。她的腔調綜合著機械感與微微哀傷的長鼻音，一旦下了火車實在不太容易聽得到，而路上也不會有人做那樣的打扮，這些細節都與平時習慣的生活很不相同。我提醒自己時時得保持清醒，若睡得太熟，就錯過了向她買零食的時機。

記得在我更小的時候，列車上還派有專門的倒茶師傅，乘客上車時座椅旁已預先擺好了玻璃杯，杯面印有台鐵的標誌，杯裡塞著香片，師傅提著銀白色大水壺來回巡邏車廂，逐一替乘客注水；他一手熟練地掀開杯蓋，一手俐落地將滾燙熱水由空中倒進杯裡，縱使列車搖晃顛簸，他依然老神在在，穩當地替每一位乘客完成神乎其技的演出。

同一時間，火車乘著虎虎生風的氣勢一路劃過田園、穿過小鎮、越過河流並鑽入山的肚子裡，它不由分說地勇往向前，當你躍下車廂，赫然已經抵達另一個地域。

美國在台協會位在又寬又直的信義路上，台南市區最大條的路好像都不及它一半的寬度。我是身分敏感的役男，旅行社的代辦阿姨特別向我面授機宜，提示我待會兒面試官可能會問什麼，而我該如何答覆。

關鍵在於，她說：「你得說服面試官行程結束後有充分的理由返家，不會跳機在那當非法移民。」

「好！」我說，我也不想留在當地的中餐館洗碗啊！

輪到我時面試官例行公事問了幾句，我隔著窗口用簡單的英文應答，覺得自己表現得應該還行。我將第一志願的入學通知單恭敬地遞給他，心想，這是個很值得回國的理由吧！他低頭瞄了一眼，接著在申請表上劃了幾筆，「Good luck!」他抬頭對我微微一笑。

一切跡象都顯示申辦過程順利無比，我推開大門時喜形於色，整個人輕飄飄的，感覺自己已經坐在飛向美利堅合眾國的航班上了。

辦完正事我們沿著信義路步行，馬路對面就是師大附中，那時姊姊很迷滾石旗下的歌手張洪量，我常向她借卡帶來聽，曾在報紙上讀過，男女合校、學風自由的附中是張洪量的母校，他頗引以為傲，日後牙醫不幹跑去當創作歌手，他便從昔日的高中生活萃取了許多創作的靈感。

那時他剛發行了一張新專輯《整個給你》，裡頭收錄了一首〈夢在東海岸〉，故事便源自他高中時參加的救國團暑期營隊。

漫漫的長路，遙遙的旅途
營火使我們溫暖

今夜星星依舊明亮，空氣中有妳的髮香
我的夢航行在東海岸

這些歌詞悠悠傳遞出的溫度，夾帶著海風的氣息，對一個未曾去過東海岸的男孩來說，有多浪漫就有多浪漫。

附中的圍牆邊站著一排高挺的椰子樹，一群和我年齡相近的學生雀躍地走進大門，也許是準備參觀未來校園的新生，有個女孩馬尾綁得高高的，在她脖子後方甩呀甩的。如果幾年前我們全家搬來台北，我會不會是他們的一分子呢？站在喧嚷的路口，我向自己拋出這道無解的問題。

當天中午住台北的小阿姨帶我們四處觀光，姊姊報名了台大的轉學考，想遊覽一下校區，一行人於是來到公館。這幾天我最喜愛的樂壇雙人組剛好推出新專輯，阿姨說汀州路兩旁開了不少唱片行，我央求爸媽讓我脫隊去晃一晃，約好了在台大會合的時間，便自行鑽進公館的鬧區。

忙亂的街市，未知的巷弄，一個少年在陌異他方探索著，還有什麼比這更刺激的？

捷運正在施工，工人們忙進忙出，有人指揮著怪手，有人在工地的周圍灑水，羅斯福路的交通擠成一團。我照阿姨的指示找到與它平行的汀州路，狹長的街道邊停滿單車與摩托車，騎樓下全是賣小吃、舊書和體育用品的商店，還有一家家的眼鏡行。一對年輕情侶毫不在乎路人的眼光當街擁吻起來，雙手不安分地在對方身上滑來滑去，我推測他們應該是台大的學生，推測當大學生真是一份不賴的職業。

沿路充滿太多新鮮的事物，讓我一度忘記來這裡的目的，左探右探，如願在金石堂書店旁邊發現一間唱片行，那張渴望的專輯醒目地陳列在入口處的「新片上架」區，側標上印著：

一九九四特別企劃　最新國語情歌大碟

優客李林　捍衛愛情

那年代取個響亮又好記的團名是走紅的要件，唱片公司無不絞盡腦汁，替音樂團體的名稱動點手腳、玩點文字遊戲，譬如「無印良品」是光良加上品冠，「凡人二重唱」是莫凡加上袁惟仁，「優客李林」則是李驥加上林志炫。

除了取用兩人的姓，團名還呼應Ukulele的英文諧音，那是一種風行於夏威夷的四弦琴，後來被取了一個更通俗的譯名：烏克麗麗。

一九九一年秋天，兩個二十出頭歲的大男生以《認錯》專輯踏入歌壇，唱歌的人是林志炫，有一把天賜的好嗓子，清亮的假音無一絲雜質，直探聽者心扉；寫歌的人是李驥，彈得一手明快的吉他，歌詞洋溢著純真的情懷，並有人文的底蘊。

李驥其實也有天賜的嗓子——一把沙啞的破鑼嗓，遇到高音時會顯得吃力，甚至忍不住顫抖起來，他半唸半唱的風格，乍聽之下頗有李宗盛的神韻（無獨有偶，兩位李氏才子都是明新工專畢業的）。

兩人的歌聲一個血氣方剛，一個乾淨斯文，就連外形都是絕配：林志炫戴著細框眼鏡，頭髮梳理得服貼整齊，像個書卷氣濃厚的學生；李驥總以墨鏡示人，髮型猶如推土機整地過後那樣方方正正，看似沉默寡言，實為冷面笑匠。

這對搭檔橫看、豎看，都不像當明星的料子，誰教唱歌的人太會唱，寫歌的人太能寫，優客李林的城市民謠裹著細膩的旋律與醇厚的感情，將年少輕狂的張望詮釋得淋漓盡致，成為九〇年代彈唱組合的實力派代表，《認錯》狂賣了一百萬張，放到現在簡直是天文數字。

最受歡迎的那幾年，他們常與同屬點將唱片的歌手互相跨刀，先和伍思凱合唱〈有夢有朋友〉，再和張清芳合作〈出嫁〉，前者成為各校吉他社的必備團練曲目，後者則被當作各式喜宴的串場配樂。優客李林的音樂深入到不同的社會場景中，帶給一代人很深的觸動。

在我實際北上前，是他們讓我對台北產生無限的嚮往，〈認錯〉的音樂錄影帶中處處閃過首都的景色，繁華的高樓、擁擠的車陣，以及車站旁那座別有心事的高架橋。這句經典歌詞更是傳唱一時：

一個人走在傍晚七點的台北City

不知道有多少外地學子聽著〈認錯〉時，都曾動起這個念頭：有朝一日，我得一個人在台北城好好走一走，別的時段都不行，就只能傍晚七點。

《捍衛愛情》更將台北的意象展現到極致，封面上的兩人身穿牛仔裝，宛如巨人跨過台北的天際線，林志炫腳邊是剛落成的新光摩天大樓，當時台灣的第一高樓；封底則是兩人一前一後的側臉，平躺在台北盆地仰望星空，背景是觀音山的剪影。

專輯中的〈不知所措〉、〈多情種〉、〈輸了你贏了世界又如何〉串成「捍衛愛情三部曲」，在音樂頻道輪流首播，成了當年夏天備受期待的盛事。當時仍不時興「微電影」這種說詞，不過「捍衛愛情三部曲」已具備同等的條件，劇情互有連貫，呈現一個台北中產家庭的外遇危機，畫面流露出濃郁的都會感。

劇中李驥飾演牧師，林志炫飾演吟遊詩人，兩人身披隱形斗篷，暗助男主角挽救他的婚姻，替他捍衛愛情。

就在聲勢最高的時候，兩人突然宣告解散，給樂迷留下諸多遺憾。在此之後，我轉投西洋搖滾樂的陣營，國語流行歌是與我漸行漸遠了。

拆夥之後，林志炫推出翻唱專輯《一個人的樣子》，李驥沉潛了一段時日，發表唯一的個人作《一個李驥》，兩張專輯的名字同聲嘆了一口寂寞的氣。李林確實缺一不可，沒有李驥的拙樸，如何襯托林志炫的優雅？沒有林志炫美麗的高音，如何架起李驥歌中的天幕？創作這條路，有同伴相隨總是最好，可以互補不足，沿路扶持打氣。

解散十年後兩人曾經短暫重組，進行了幾場「再見，優客李林」的復合公演。林志炫憑藉在歌唱節目中的好表現開啟了事業第二春，被奉為美聲派唱將，然而每當看他用精湛的歌藝征服現場時，我總覺得他身旁似乎少了什麼，也許是少了一張戴著墨鏡的撲克臉，專注彈著手裡的木吉他。

如今不分寒暑、無論晴雨，我常一個人在台北街頭散步；前前後後住了二十多年，家鄉對我反而是一個比較陌生的地方。每當夜深人靜，我總會經過美國在台協會與附中交會的路口，那恰好落在我的步行路線上。

偶然之間，我會在回憶的長廊裡駐足，想起十五歲那年的往事。我的簽證後來被打了回票，直到退伍才去了美國，爸爸將整個職涯奉獻給同一家公司，在那裡榮退，用退休金讓我出國深造。

附中的校門別來無恙，那排椰子樹依舊直挺挺地站著，模樣似乎比當時還高了。走過那長長的圍牆，我會不經意往校園裡探望，想像裡面有幾個我不曾結識的同學，聊聊我們未曾共享的命運。

現在的吉他社，還會練習優客李林的歌嗎？或許，某個好奇的新生會拿起學長遺留在社辦的泛黃歌譜，坐在操場邊，在屬於他的年少時光裡輕輕唱著：

而這首歌 Just for you

For you

4. 這男人出賣了世界

我得知Nirvana樂團主唱科特柯本的死訊，是透過《聯合晚報》的藝文專版，一則發落在版面邊緣的報導。

一九九〇年代的台灣，玩股票猶如全民運動，晚報的主要功能是提供民眾當日的收盤行情，做為明日進場的參考。數量可觀的散戶成為大宗的購報者，股市風光時，市面上同時有好幾家報社在競爭，廣告主也樂於灑錢購買廣告。

因為整體環境大好，這讓有抱負的編輯多了施展的空間，可以偷渡一些個人品味到版面裡，比較另類的、小眾的主題因此有了見報的機會。

也許整疊報紙中，投資人感興趣的只有印著走勢圖的那幾張而已，投資人的孩子卻可能在下課回家後抽出其他的版面隨手翻翻，影劇版、運動版、藝文版，無意間得到了啟蒙。

那是好多年以前的事了，報導是譯自外電、由社內記者撰寫，或是向特約作者邀來的稿，出處我已印象模糊，但我記得文章的語氣哀戚，用冷靜的筆觸描繪出死亡的輪廓：四月八日，西雅圖搖滾樂團Nirvana的主唱科特柯本被人發現倒臥在西雅圖郊區別墅的溫室裡，法醫相驗時已斷氣多日。他身旁留有一把獵槍，直直指向自己的腦袋，地板上有暈散開來的血漬，研判是自殺的現場。

而且，又是一個該死的二十七歲。

報導中一併交代了幾項Nirvana的豐功偉績，他們被推崇為反叛文化的指標、X世代的精神象徵，累計的唱片銷量高達數千萬張，尤其那張經典專輯《從不介意》（Nevermind）曾在一九九二年擠下麥可傑克森的《危險之旅》（*Dangerous*），榮登告示牌排行榜冠軍。

除此之外，通篇溢滿抒情的文句，畢竟，人已經不在了，你對他只剩想念可說。

我的視線在黑白行距間掃動，依稀還記得報紙拿在手裡的感覺。一九九四年網路仍不普及，我並非藉由電腦或行動裝置得知那則噩耗，也不是藉由Facebook、Twitter、Instagram等社群網站的推播通知，那件事倘若發生在今日，全球的數據纜線和無線基地台會因承載過量而瀕臨爆炸邊緣。

當時距離高中聯考剩不到三個月，我剛補完習回到家裡，書包塞滿沉重的參考書。讀完那篇報導，我將報紙放回爸爸習慣放報紙的那張椅子上，在客廳獨自坐了一會兒，試著從腦海中搜索柯本相關的畫面，一邊在耳朵裡回想他的聲音，結果近乎一片空白。

很慚愧的，我是一位晚來的聽眾，柯本死的時候，疊在我床頭的卡帶是林強的《娛樂世界》、張雨生的《帶我去月球》、羅大佑的《原鄉》，還有庾澄慶的《老實情歌》，在我微量的收藏中，一張Nirvana都沒有。

既然尚未認識他、喜歡他，我又何能切身體會那位作者的失落與悲傷呢？那樣的情緒反應，是未來漸漸吸收、慢慢瞭解了Nirvana的作品後，才浮現出來的。

然而，總會留下什麼片段吧？我仍不死心，駕著小艇繼續在腦海打撈，總算有幾個零星的畫面漂進網子裡，是不久之前MTV頻道剛播映過的《MTV Unplugged》系列節目，內容是一九九三年底，Nirvana在紐約的新力錄音室所錄製的現場演出。

依照節目慣例，樂團以原音樂器重新詮釋自己的作品，呈現出「不插電」的聲音美學。當時依然清瘦的鼓手戴夫綁著馬尾，一邊打鼓一邊和聲；他在開場曲〈About A Girl〉竟然敲起了鼓刷，一種難和Nirvana狂暴的曲風聯想在一起的演奏工具。

貝斯手克里斯特一臉天真爛漫，偶爾他會站起身，左搖右晃彈著手風琴。舞台上另有一名女大提琴手和一名節奏吉他手擔當客席樂手，那名吉他手後來加入了戴夫另起爐灶的樂團Foo Fighters。

靈魂人物柯本坐在一張旋轉椅上，穿著白色T恤與牛仔褲，解開的襯衫外面套著一件起毛球的駝色舊毛衣，腳下是髒髒的Converse帆布鞋。他英俊的臉龐宛如一尊瓷雕，雙眼炯炯有神，一邊調音一邊抽菸的姿態帥得彷彿生來就是為了這樣。

那時他剛戒掉海洛因，正和戒斷症狀搏鬥著，糾纏了一輩子的胃痛也不放過他，加上長期的憂鬱症，整個人裡裡外外都在煎熬，彩排時竟然顯得有些緊張。不過一旦被丟上戰場，他立刻打起精神武裝起來，在適當的時機介紹團員，還自嘲等等有可能會彈錯（他確實爬錯了幾次格子），歌與歌的空檔幽默地和觀眾說笑，渾然不像四個多月後就要告別人世的人。

唯一的線索也許是他的歌聲，抑鬱而糾結，浸滿深沉的無力感。

柯本是有名的左撇子，抱著一把改裝過的木吉他，那把吉他連接了效果器，音色聽起來並不是那麼的民謠，反而頗有飛沙走石的粗獷氣味。如此，是否破壞了製作單位所訂下的「原音重現」規矩呢？

雙方其實存在著不少歧見，電視台希望他們多唱名曲，找些大咖樂手來助陣，如此才與他們搖滾教主的地位相稱。Nirvana堅持己見，決意邀請自己的偶像（是個小眾樂團）Meat Puppets上台同奏，而歌單內真能稱上金曲的唯有〈Come As You Are〉，其餘都是專輯中較為生冷的曲目，翻唱曲的數量甚至比原創曲來得更多。

「呃，接下來這首歌大家可能沒聽過。」

柯本在一首冷門歌曲開始前這樣說道，他的語氣平和，既非道歉也不是自以為酷，只是誠實告知觀眾他不想迎合演唱會的潛規則罷了。在場的人也都聽懂了，台下傳來一陣輕鬆的笑聲，這是他們熟知的柯本作風，不會有人介意的。

整場演出Nirvana從頭到尾就只錄了一次，不用重來，不靠後製剪輯，他們坦誠接納自己的缺陷，讓音樂鏡射出三人最真的樣貌，就像柯本講過的那句話：「處心積慮想成為其他人，只是浪費了你自己。」（Wanting to be someone else is a waste of the person you are.）

表演完最後一首歌，團員依序下台，柯本不忘幫前排的樂迷簽名，就像個剛下場的網球選手。

以上諸多細節，都是我後來重看時才觀察到的。柯本死後，這場演出發行為《最後的現場》（*MTV Unplugged In New York*），樂迷透過錄影帶重溫時，才驚覺某些樂句的角落中，似乎隱藏著幽微的訊息和神祕的象徵，那座舞台的布置更揭露了一則不祥的預言。

在柯本事先的要求下，天花板懸吊著水晶燈，舞台四周掛滿了紅色布幔，台上裝飾著肅穆的百合花與黑蠟燭，儼然像一座殉道者的祭壇，一場行前的葬禮。

柯本與生俱來的憤怒，在他十多歲接觸到龐克音樂時獲得抒發，龐克所追求的表達個人感受的純粹自由，讓他擁有一個能和世界溝通、化解歧異的管道。可是，當他發覺自己的感受竟也是許多困惑年輕人共同的感受，而他們一致推舉他為發言人，那種沉甸甸的期望逐漸壓垮了他。

尤其極度私人的創作，在商業機制的運作下被包裝成一種大眾商品，和洗髮精、衛生紙等日常用品一樣公開販售，柯本對於這種遊戲規則始終存有強烈的矛盾感，他一方面渴望被懂他的人理解，一方面卻對衍生的名氣適應不良，不曉得該如何處理自己的公眾形象。

「我打從心底不想成為搖滾巨星。」柯本的這句名言，點出了一個弔詭的現實：那些為了抗拒世俗成功定義的人，付出了痛苦的代價去逃避它，卻因此塑造出另一種成功的典範。

柯本過世二十年後，Nirvana眾望所歸被奉入搖滾名人堂，戴夫與克里斯特兩人都快滿五十歲了，站在台上一副硬漢大叔的模樣，而戴夫的樂團Foo Fighters更成了另一個傳奇。柯本由遺孀寇特妮代他上台領獎，當她致謝詞的時候，很多人應該都在想，此時若柯本還在，會是一個怎樣的場面？

他的眼角會不會多了幾條魚尾紋，發福成中年人的體型？他仍持續在寫歌嗎，會不會被勢利的媒體挖苦為過氣人物？更重要的，他在乎這件事嗎？會不會對那種「體制內」的入會儀式感到格格不入，整晚困坐在盛裝打扮的嘉賓間，恨不得隨時能逃離典禮的現場？

或者，活到四十多歲，柯本也能平心看待掌聲與榮耀，願意接受外界替他編織的冠冕。我們永遠不會有答案了。

柯本去世時，女兒法蘭西絲還不到兩歲，身為Nirvana主唱唯一的小孩，她從小到大不知道被多少人問過這個問題：「嘿，妳是Nirvana的粉絲吧？」她總得尷尬地搖搖頭，其實她中意的樂團，是英國的Oasis呢。

法蘭西絲長大後，去到一處或許她最不該去的地方實習——《滾石雜誌》。上班第一天，她發現辦公室牆上掛著巨幅的柯本肖像，於是她每天都在自己的座位上，與陌生的父親對望著。

曾經我覺得柯本很自私，只顧著自己超脫，卻把關心他的人留在這個困難的世界。在我迷戀Nirvana的青春期，時常把自己關進耳機裡，聽著他在《最後的現場》翻唱大衛鮑伊的〈The Man Who Sold The World〉，一併將升學的壓力、平時和父母相處的挫折都怪罪到他身上：你怎麼可以就這樣一走了之？

直到我同樣在二十七歲遭遇了一道生命的難關，僥倖通過後，迎向我的卻是一個價值錯亂的時代，社會因無聊而癲狂，道理因立場而浮動；崇拜的偶像幻滅了，相信的承諾瓦解了，人性的庸俗清楚了，而我和他們一樣庸俗也必然了。

我才了悟到，沒人有能力出賣這個世界，除非這個世界先出賣了自己。

5. 深夜娛樂頻道

爸媽應該都睡著了，我看著書桌上的鬧鐘，指向午夜十二點半，時間已經夠晚了。

一個多鐘頭前，他們相繼回到樓上的寢室，媽媽經過我房門時叮嚀了一句：「別太晚睡！」

「嗯，知道了。」我用發育中男生那種聽起來有點欠揍的悶沉聲音回覆她，語氣中含著一絲不耐。

姊姊讀大學去了，家裡只剩我一個小孩，少了她夾在中間當緩衝層，我和爸媽的關係變得有些緊張，一星期時常說不到幾句話，好不容易有對話展開，往往也是他們先丟來一個問句，我用簡單的字應答——對。好。有啦。還沒。忘記了。不知道。

我鮮少主動開啟什麼話題，和他們談心更是甭提了。並非我不愛爸媽，也不是我無話想說，其實我滿肚子的心事呢，只是窩藏在體內的化學物質開始作祟，旺盛的荷爾蒙不聽使喚地橫衝直撞，有時我精力充沛，甚至忽然怒氣沖沖，有時又沒來由地Down到谷底，然後不發一語。

生理時鐘運轉了十五年，一夜之間忽然帶走那名可愛聽話的小男孩，召來一個沉默叛逆的青少年，他是孤獨國的國王，活在自己杳無人煙的內心世界，不容受到任何人的打擾。

如果和父母相處時產生的種種摩擦，只是青春期必然的副作用之一，情況或許還比較單純。然而在升學制度的擠壓下，親子之間的迴旋空間變得更窄小，一言不合即刻劍拔弩張起來，關心於是成了嘮叨，解釋終究被當成藉口。

我按熄檯燈，微微嘆了一口氣，明天的段考鐵定是完蛋了，但管他的！我闔上複習不到一半的課本，動身下樓去。

有件事我在三十歲之後向同齡朋友們提起，發現許多人都有相似的狀況，即使我們都高中畢業了那麼久，還是會做那種明天學校要考五科，自己一科都沒準備完的噩夢；夜半驚醒時，背上正冒著冷汗，連忙安撫自己說，你已經老到不用再擔心段考了，放心睡吧，那些都已經過去了。

讓我甘願冒著搞砸考試的風險，執意下樓的誘因，是擺放在客廳的那台電視機。自從有線電視頻道開放以後，每天二十四小時都有節目輪播，深夜的電視機成為父母和孩子的戰場，父母勒令孩子絕對不能打開它，孩子卻千方百計就是要打開它。

我像一隻無聲的夜行性動物，躡手躡腳下到一樓，想在深夜轉開電視機而不驚動到大人，過程得具備相當的膽識與技巧，從摸黑點亮玄關的燈、拿起遙控器，直到把屁股盤在沙發上，每個步驟都要小心謹慎、不留痕跡，就像未來的瀏覽器會開發出的無痕瀏覽模式那樣（當然，未來的青少年也善用那個功能和父母玩著諜對諜）。

螢幕亮起了！我迅速將音量調小。我們家的透天厝是樓中樓的結構，挑高的天花板會像教堂產生良好的回音，壓低音量是我的首要課題，過了這關，便能遠離新聞台和購物台的區域，直奔那兩個音樂頻道。

途中埋伏著各種活色生香的誘惑，會對年輕氣盛的男生構成嚴峻的考驗，好多綺麗的風景在路邊招手，要你停下腳步多注視她們幾眼。觀看深夜電視的一大樂趣，便是比較同一個頻道白天與半夜不同的風情，那些順序愈在尾端、數字愈大的頻道，愈有可能心懷不軌。

白天是個昏昏欲睡的老和尚在唸經，半夜卻湧出一票妖嬌的檳榔西施在熱舞；白天一本正經販售著多功能果汁機，半夜卻語帶挑逗改賣多頻段情趣用品，諸如此類。

這種反差實在太荒謬，又太精采了，原來當多數國人都進入夢鄉時，有線頻道可以暫時不受法律管轄，藉由電視那立體的箱子，展示出一個光怪陸離的異世界：有的畫質清晰，劇情生動；有的焦點模糊，粗製濫造。無論品質如何，它們總是極有效率地在你血液中蒸騰出一股熱氣，那股熱氣再刺激出一種快感，然後吸乾你的理智。

不行！我提醒自己，千萬不能在這危險的地帶逗留太久。我將雙腳從白色沼澤裡使勁地拔出來，大步邁向我的目的地，時間是一九九六年，正是音樂頻道的黃金時代。

九〇年代初始，香港的衛星電視STAR TV與美國的音樂電視網MTV合作，共同創立衛視音樂台，台標直接使用MTV知名的logo，成為亞洲專業音樂頻道的先驅。兩年後雙方協議拆夥，衛視音樂台改由STAR TV獨立經營，在一九九四年冠上新的品牌名稱Channel V熱鬧開播；隔年，MTV也在台灣推出自己的頻道。

兩個頻道分家後，被系統業者安排在隔壁當鄰居，對新音樂求知若渴的樂迷，手拿遙控器在兩台之間轉來轉去，成了那個年代接受西洋文化洗禮的儀式。

開台之初，兩台大約有一半的內容都是播放海外原版的節目，時常連中文字幕都懶得上，無形中替觀眾鍛鍊英聽的功力。來到深夜時段則是音樂錄影帶連播，其實從電視台的營運角度，整晚只播音樂錄影帶是最省事的墊檔方式，不用花錢製播新的節目，只要將唱片公司拍好的音樂錄影帶上線即可。

畢竟大半夜的，多數人都熟睡了，誰還會在乎螢光幕上的樂團有多冷門，音樂錄影帶的情節有多驚世駭俗呢？

五花八門的音樂錄影帶從遙遠的國度飄洋過海而來，每支的長度不過三到五分鐘，卻具體而微投射出一個繽紛的小宇宙；身為理當苦悶的高中生，我貧瘠的耳朵被灌溉了，狹隘的視野被撐開了，心底的想望被勾勒了。

音樂錄影帶不只提供了逃逸與消遣，更是許多學生的英文老師兼地理老師，甚至也是心理諮商師。跟隨著劇中人物，我在全球各大城市旅行，培養多元的國際觀；我也從主角身上學會如何整理頭髮、穿衣打扮（雖然那造型注定是不堪回首）。我找到了讓人一夜狂歡的樂園，在那座通宵達旦的舞台上，搖滾樂手互相飆著吉他，電音ＤＪ搖頭打碟，偶像歌手唱唱跳跳。

置身在躁動的樂聲中，我孵了一個關於將來的夢，簡短、輕盈，卻又那麼的確定。

隨著收視戶不斷擴增，兩台開始增加本地自製節目的比重（依現在的說法是：接地氣），以前衛的創意拉攏那時俗稱「新新人類」的青年族群，譬如那支「ＭＴＶ好屌！你能招架？」的廣告，便讓土味十足的九九神功與摩登的西方文化接軌，創造出震撼的視覺效果——一個全身只用浴巾圍住重點部位的全裸男，用他的那話兒吊著一台電視機。

而音樂頻道的節目主持人，即所謂的ＶＪ，更竄升為最受年輕人嚮往的工作。他們口齒伶俐、作風新潮，女的漂亮男的有個性，和傳統綜藝節目那種打諢扯淡的主持人相比，氣質新鮮得彷彿晨間的空氣。

Channel V的台柱是陶君薇和周瑛琦，每逢週末她們都會播報英美最新的排行榜；洋派到不行的吳大維說話時動不動就要上一句「Hey, what's up?」或「Alright!」，他的節目《吳滿秀》（*Wu Man Show*）融入大量的美式街頭元素，甚至還有英文教學的橋段，由他說文解字，介紹國外火紅的流行用語。

ＭＴＶ的當家花旦則是李蒨蓉和徐曉晰，兩人外形亮麗、性格活潑，堪稱中學男生最心儀的女友典型。活躍在社運場合的豬頭皮也天外飛來一筆開了個叫《萬國音飆》（*UN Of Music*）的節目，每晚帶著觀眾遨遊音樂的地球村。

除了上述這些，兩台我各有一個特愛的節目，無論排到多偏僻的時段，我一定按時收看：Channel V的《優Rock》是最早關注台灣地下樂團動態的電視節目，製作單位會去公館的Scum酒吧拍攝骨肉皮的演出，報導全女子樂團瓢蟲的練團實況，還會邀請四分衛、濁水溪公社到攝影棚內表演。

另一個吸引我的地方是，《優Rock》有個特別古怪的設定，每集尾聲都會出現Nirvana主唱科特柯本，他自個兒坐在一間霧濛濛的暗室裡，嘴巴叼著菸，明明房間已經夠暗了仍戴著一副大墨鏡。整整十分鐘，他會左幹譙市場上假惺惺的少男團體，右挖苦看不順眼的樂壇事件，偶爾穿插幾則感性的心情抒發，或當起心靈導師向信徒開示人生道理。

古怪的地方在哪呢？首先，柯本已經過世了，再者，他講的竟然是中文！

試想這樣的情境：凌晨兩點，我偷偷摸摸窩在客廳裡，隨時可能被爸媽逮個正著，電視機上是過世不久的柯本，他宛如穿越次元的時空旅客，在我面前喃喃地說：「嘿，老弟，今天播的歌還正點吧？」接著他率性吐了個煙圈，「那，咱們下集見啦！」

我簡直是暗夜裡看到鬼了，不過，還有哪隻鬼比眼前的這隻更Rock的？

另一個節目是MTV頻道的《另類酷樂》（*Alternative Nation*），主持人是一對痞痞的大男生，一個叫作胡椒（因為他姓胡），一個叫作檸檬（因為他姓林），他們身穿MTV台當紅卡通《癟四與大頭蛋》的T恤，引薦時下青年「非聽不可」的霹靂酷團：Kula Shaker、Pearl Jam、Suede、Pavement等等。

兩人一搭一唱，就像社團裡永遠比你多懂一點的學長，帶你入門，探索浩瀚的搖滾海洋。這個晚上胡椒與檸檬的對話極可能是這樣進行的：

胡椒：電視機前的新新人類們晚安，大家超期待的R.E.M.新作《高傳真新冒險之旅》（*New Adventures In Hi-Fi*）終於發行了！

檸檬：對的。

胡椒：八〇年代發跡於喬治亞州，R.E.M.是美國地下音樂的領導人與拓荒者，自從前年那張超屌的《全民自動化》（*Automatic For The People*）拿下葛萊美大獎，他們的聲勢不可同日而語嘍！

檸檬：正是。

胡椒：R.E.M.的創作形態與通俗音樂背道而馳，兼含迷幻的音效、南方民謠色彩與神祕主義的氣息。

檸檬：沒錯！

胡椒：聽過的人都說，這是一張擁有錄音室作品質感的現場專輯，也是一張擁有現場演唱電力的錄音室專輯。

檸檬：你，是在繞口令嗎？

胡椒：（瞪了檸檬一眼繼續）好，我們接著就來觀賞〈E-Bow The Letter〉這支音樂錄影帶，對了，這可是全國首播呢！值得留意的是，主唱麥可史戴普邀來龐克教母佩蒂史密斯一同合唱，等等注意看喔，教母本人也在片中軋了一角！

螢幕瞬間轉暗，黑色的畫面中浮現出一條憂鬱的公路，莊嚴的前奏灑了下來。當時每個失眠的夜晚，我都經歷了一次高傳真新冒險之旅。

時隔多年，音樂台相繼轉型成娛樂台，充斥著良莠不齊的實境節目，幾乎不太播音樂錄影帶了；VJ的光環漸漸褪色，成了另一種綜藝節目的主持人。青少年改變了收視習慣，只要手機在側，全天都有深夜頻道，流行音樂史上所有的錄影帶一層一層堆疊在雲端，任人看都看不完。

新新人類逐漸邁入了中年，曾經讓社會驚駭的「好屌」，演化成一個溫和的字眼。

二〇〇七年春天，因緣際會下我來到佛羅里達的坦帕市，那是一座給退休人士居住的城市，地理位置接近美國的最南端，冬季不長，而且總是豔陽高照，被職棒球隊選為春訓的基地。一位前輩要從台北過來採訪春訓，缺一個攝影助手，便找我過去幫忙。

一天中午，我們結束了拍攝的工作，開車在城裡遊蕩，隨意找了一家中餐館進去吃飯。是那種典型的美式中餐館，門前掛著大紅燈籠、牆上雕龍畫鳳，店裡用屏風拉出隔間，菜單上必備洋人最愛點的左宗棠雞，餐後附贈果盤和幸運餅。

前輩在音樂圈與電視製作圈都有很深的資歷，我聽說他曾在Channel V做過節目，餐後順口聊起《優Rock》裡面讓我印象深刻的科特柯本。

「他的中文口白和嘴型完全對不起來，真是超瞎的！」我津津有味地回憶著。

前輩一聽，立刻睜大眼睛，瞳孔閃過了一道光，看著我說：「靠！那就是我啊，當時是我替他配的音，年代那麼久遠了竟然還有人記得喔！」

我彷彿，又再一次看到鬼了。

「我們的製作費很少，根本沒預算請主持人，後來變成我自己在胡搞，在那邊觀落陰啦！」

前輩面容清秀，有一頭過肩的長髮，嘴裡無時無刻叼著菸，除了膚色，他年輕的時候說不定和柯本真有幾分神似。

話題就此打住，我們開始扯些別的事情，剛剛灌下肚的一大杯啤酒在血管裡擴散，昏沉中，好像有個聲音正在對我說，老弟，上樓去吧，咱們明天晚上見！

6. 長假漫漫

忘了是從國小幾年級開始，每年夏天，香港的表哥都會跟著三阿姨回台灣過暑假。對於那時的我，表哥來訪是一年中最期待的事情，大概只有每學期的遠足、校慶前夕的園遊會，還有運動會上施放和平鴿的儀式稍可比擬。

三阿姨年輕時和台灣認識的丈夫一起搬到香港工作，然後定居下來，表哥接著呱呱落地，成為移民小家庭裡的獨生子；按照時代劇的劇本，他應該被取名為「港生」之類的，不過表哥有個別有智慧的名字。

他們一家就像準時歸來的候鳥，每逢夏季飛來台灣報到，然後在秋將至時返航。表哥藉此磨鍊他的國語，也認識父母生長的地方，我則多了一個「期間限定」的哥哥，一個最忠實的玩伴。先別管暑假作業了，漫長的學期總算結束，我們滿腦子想的都是玩，大人也莫可奈何，只能任兩個小鬼瘋來野去。

我的房間另有一張小床，媽媽會將薄棉被預先鋪好，盥洗用具也張羅好，迎接表哥的到來。我們的一天通常是這樣的：一大清早和全家人到成大校園的游泳池游泳，那裡有位黑黑壯壯的教練，是緬甸來的僑生，我們都叫他黑叔叔。年復一年，在黑叔叔用心的指導下，我們從兒童池游入了成人池，從水母漂進階到蝶式（那過程不曉得吞下多少口池水）。

回家後寫點作業應付一下，給媽媽檢查，中午騎著腳踏車到阿嬤家前面的菜市場吃米粉羹，午後就在阿嬤家客廳冰冰涼涼的磨石子地板上打地鋪睡午覺，醒來先喝一罐涼的，等爸爸開車過來載我們去郊遊——大地谷、虎頭埤、月世界、澄清湖、海濱秋茂園、走馬瀨農場，鄰近台南的風景名勝，多年來我們至少玩過了一輪。

遇到週日還有特別版的行程，上午先到媽媽同事位在鄉下老家的魚塭釣魚，我們各顯身手，想辦法讓去程空空的冰櫃在回程時裝滿；晚上在阿嬤家門口熱鬧的夜市打彈珠、射飛鏢，買一套大腸夾香腸，站在暈黃的燈泡下加顆大蒜吃得津津有味。

表哥比我早生幾個月，生日恰好落在八月中，是陽光燦爛的獅子男。每到夏末，在他們全家賦歸以前，親戚會聚在一起吃掉一個新的生日蛋糕，重唱一遍去年唱過的生日快樂，吹熄從個位數字漸漸增加為雙位數的蠟燭。

我和表哥會在心裡許下幾則新的願望，其中一則也許不變：願夏日悠悠，願長假漫漫。

隔年我們重回游泳池畔，發現對方比前一年抽高了、長壯了，男孩成長為少年，兩個人不好意思再一起洗澡或光著身子跑上跑下，玩耍的名堂一併跟著改變，從紙飛機、樂高模型、遙控汽車，一路進化到任天堂、PC GAME、遊樂場的大台電動，最後停在街頭鬥牛賽。

刷！刷！刷！

離開手心的籃球在空中劃出一道優美的弧線，俐落地穿過籃網撞擊到地面，我們迷戀上那空心入網的聲音，迷戀上球鞋在球場上摩擦出的「嘶嘶」聲，也迷戀上克敵制勝的同心協力感。表哥在場上奔跑時，會踩著他在香港買到的新一代喬丹鞋（往往是台灣尚未發售的配色），總是全場矚目的焦點。

一九九一年六月，我們小學剛畢業，透過電視轉播見證了公牛隊拿下第一座總冠軍，接下來幾年，喬丹和他的好搭檔皮朋一路過關斬將，接連捧起第二座、第三座……第六座金盃，搭配著頒獎典禮上播放的皇后樂團金曲〈We Are The Champions〉，另一個夏天就這麼揭開了序幕。

那種重複的秩序性讓人感到安心，以為世界上有些事會周而復始地循環下去，直到喬丹退休，公牛王朝落幕，我們上了大學，暑假時表哥不再飛回台灣。

我知道，上述的故事可能很像缺乏想像力的考生在面對「兒時記趣」或「我的童年時光」那種制式的作文題目，按照範本臨摹出來的內容，差別或許只在於我沒提到阿嬤家的庭院種了一棵結實纍纍的老樹（的確沒有，但有一隻生病過世的老狗）。

然而，眾人對於某些事物、某個特定時期的刻板印象，往往來自集體記憶的匯流與整理，並不會因為放諸四海皆準而喪失其珍貴性。換個角度想，那些愈是普遍、愈是通用的生命經驗，愈加證實了身處於同一個年代或地域裡的人，彼此之間那條緊緊相繫的紐帶。

我所指的當然包括那段全民瘋港星的歲月，從一九八〇年代中葉直到香港回歸以前，正是港產的影視文化最風光的日子，表哥成為我第一手的消息來源，告訴我最靚、最潮、最猴賽雷的娛樂資訊，定期幫我更新腦袋裡的那座影音資料庫。

電影的《賭神》系列、《開心鬼》系列、《英雄本色》系列、《倩女幽魂》系列、《警察故事》系列、《暫時停止呼吸》系列，凡是香港來的賣座片必出續集，各自成一經典系列；直到賭神下桌，英雄遲暮，警察退役，倩女的年華老去，一眉道人歸隱山林，開心鬼染上了憂鬱症。

樂壇上人才輩出，各個能歌善舞。梅艷芳、張國榮和譚詠麟猶在黃金時期，四大天王雄霸一方，梁朝偉在化身演技派巨星之前，他的歌手身分同樣經營得有聲有色。有強盛的娛樂工業在後支撐，港星猶如整裝待發的影歌雙棲部隊，前赴後繼渡海來台，一旦登上綜藝節目，一口不太靈光的港式國語無形中更拉近了與觀眾的距離。

香港當時仍是英國的殖民地，文化的養成背景比台灣要「更接近西方」，而台人的認知中，西方向來是進步與時髦的同義詞，港星的光環因此被擦得更亮眼。

那時我和表哥到速食店點餐前，還會照著《摩登如來神掌》的台詞複誦一遍：「大俠愛吃漢堡包，純正牛肉吃得飽，香港市民添口福，吃過就是乖寶寶。」

彷佛漢堡那種西洋風味的食物，香港的口味都會比較正宗。

當我們升上國中，粵語流行歌無法再滿足我們求新求變的胃口了，表哥開始升級他的音樂資料庫，接著幫我同步——達明一派、軟硬天師，以及彼時的華人搖滾圈罕見地選用英文做為團名的Beyond，表哥的廣東發音聽起來像是「逼央」，我則唸成「比樣」。

我原以為Beyond是黃家三兄弟加上鼓手葉世榮的組合，後來才弄清楚，吉他手黃貫中與黃家駒、黃家強這兩兄弟並無血緣關係。一九九〇年四人來台發展，替他們現有的粵語歌重新填上國語詞，一舉攻入台灣市場。

Beyond的音樂不只散發出血性男兒的陽剛氣息，內裡更藏著一絲柔情，而且勇於藉由歌詞評議時局，譬如那首蕩氣回腸的〈長城〉：

一個老去的國度，多少消逝的眞相
一頁浩翰的歲月，多少欲望成悲壯
堵住耳朵，以爲從此不再聽到在呼號的人
捂住眼睛，以爲從此不再看到顫抖的傷痕
臥在黃土地上

他們替那些有風骨的，敢說真話的搖滾客立下了一個典範。

一九九三年Beyond成軍十年，團員擬定了許多慶祝計畫，包含一場大型的演唱會。年中一行人開拔到日本宣傳日語專輯，主唱黃家駒卻在遊戲節目的錄影過程中不幸發生意外，住院多日宣告回天乏術，三十一年的光燦人生如流星劃過地球上每個曾經響起Beyond歌曲的角落。

樂團遭到沉痛的打擊，慶祝活動暫時停擺。年底，Beyond以三人陣容重返舞台，黃貫中和黃家強一同接下了麥克風，復出後的首張國語大碟《Paradise》充滿對黃家駒的思念，他生前灼熱的理想，如今被安置在那個遙遠的Paradise。

「走出悲慟，在音樂中找到天堂。」這是專輯上的文案。

港台兩地的命運時而平行，時而交會，這些年同時經歷了深層的波動，不安的社會氣氛中鬱積著一股急欲擴散的能量，試著尋找可能的出路。雖然港星的光環不像從前閃耀了，港片也不再是票房的保證，台灣對那座比自己更渺小的海島，總有一份難以割捨的情感意結。

黃家駒在世時，Beyond有一首抒情歌叫作〈九十年代的憂傷〉：

千年抑壓，恆久不息的悲哀
我們又可做什麼？

陽光照遍繁榮都市角落
可我卻感到滿心的冷漠
年輕的一代，已經活到別的天空下

他應該會樂於知道，香港年輕的一代一點都不冷漠，他們在關鍵時刻挺身而出，在喧囂的街頭用Beyond的歌替彼此打氣，從〈光輝歲月〉到〈海闊天空〉，Beyond的音樂所體現的，正是他們試圖呼喚回來的香港精神，那份自由與寬闊。

表哥全家人在九七回歸前移民到加拿大，現在好幾年難得回一次台灣。我在臉書上看到他帶著四歲大的兒子參加籃球夏令營的照片，小孩腳上是一雙漂亮的喬丹童鞋，想必又是全場矚目的焦點。

阿嬤家門前的夜市早已遷走了，賣米粉羹的攤位就快成了危樓，感覺隨時會被都更。但台南的夏日晴朗依舊，吸入肺部的空氣依然安適而美好，看著我們長大的游泳池仍靜靜地躺在校園一角，瓷磚上泛著氯的氣味，晨間的光線在池底來回蕩漾著，那蔚藍的池面，猶有我們激起的漣漪。

7. 我曾經是一名吉他手

我曾經是一名吉他手。

這句話如今說出來，自己都覺得不可思議，但是高中那幾年，我是可以理直氣壯地說出口而不會感到難為情。我把繁重的課業扔在一旁，每天磨鍊自己的吉他技術，雖然暗地裡也會羨慕高手們的絕對音感，與他們行雲流水的指法，不過勤能補拙，我是這麼堅信的。

高一開學前，來自各地的新生到學校展開新生訓練，先到禮堂領取課本和運動服，再推舉班上的幹部，重頭戲是選擇聯課活動時想參加的社團。社團的幹部一班跑過一班，向學弟招生攬客，他們無不挖空心思、使出渾身解數，設法在分配到的短暫時間內，抓住眼前這群鬧哄哄的少年稍縱即逝的專注力。

口琴社的學長現場接受點歌，即興吹奏一曲；魔術社的學長掏出一件東西，在眾目睽睽下把它變不見；橋藝社的學長秀出撲克牌，展露一手洗牌的絕技；康輔社就像成群出動的蜜蜂，一起耍耍寶、帶團康；管樂社則換上雄赳赳氣昂昂的儀隊服裝，嘴巴鼓滿了氣，把閃閃發亮的小喇叭吹得滋滋作響。

當然少不了運動性質的社團，譬如籃球、排球、桌球社，他們不需要用力招募，反正愛打球的人自然會過去報到。

還有一些名稱特別的社團，乍看之下讓人搞不清葫蘆裡賣的是什麼藥：春暉社實為做公益的服務性社團，滔滔社專門訓練社員的口才，派到校外參加辯論比賽；青年社是最文藝的社團，真實身分乃是校刊社，負責編撰那本歷史悠久的校刊《竹園岡》（那是台南一中的暱稱）。

青年社向來是個神祕的團體，有一間昏暗的總部與為數不多但每個人都一肚子鬼點子的社員，他們總能巧妙通過上級的審查，把平日不敢公開張揚的理念，和那些只有高中男生會覺得好笑的有色笑話偷渡到每一期的刊物裡。

而我，毫無懸念加入了吉他社，早在那位酷酷的社長抱著那把美麗的木吉他踏入我們教室以前，我就做好了決定。

喜歡聽音樂到一個程度，聆聽自然無法再滿足你了，你會想動手去演奏它，甚至是創作它。抱持這種想法的新生顯然不在少數，十五歲就是想上台耍點帥，受到眾人矚目的年紀啊，吉他社成為校園內的強勢品牌，社員眾多，而且特愛出鋒頭。

那位社長的個頭不高，兩頰留著鬢角，有一個突出的喉結，下巴還冒著幾根鬍碴，整個人的外形頗為不羈。他在講台上隨意刷了幾個和弦，接著打開金嗓哼個幾句，交差了事就揚長而去了，那舉動彷彿是在說：要不要參加，隨你們的便！

很快過了一年，換成是我擔任那個角色了，但是我成績太差當不了社長，轉而擔任教學的職務，新生訓練時和社長、副社長兵分三路，到處演出招生。不過我當下所關心的倒不是招生的情況，我關心的，是高二下學期那場無敵重要的成果發表會。

社團其實是個小江湖，一個同時會向外擴張也會向內收縮的生態體系，具備錯綜複雜的人際網絡與利害關係。多年下來，吉他社辦被學長改造成練團室，擺著用公費買來的鼓組、貝斯和音箱，為了爭取練團的時段，社內的樂團間免不了會產生一些摩擦，加上每個樂團的曲風都不同，營造出一種壁壘分明的態勢，私底下對別人的音樂都頗有意見。

玩民謠的嫌玩金屬的太吵↓玩金屬的嫌玩民謠的太軟↓玩另類的嫌其他人都太主流↓其他人又一致認為玩另類的自我感覺超良好，食物鏈般無限循環下去。

因為吉他社辦會發出各種噪音，被校方發落到一處特別偏遠的位置，練團時就不會打擾到同學的作息。社辦周圍堆著廢棄的課桌椅，一旁便是灰撲撲的垃圾回收場，社辦前面永遠停著一排無人認領的單車，而一牆之隔就是車水馬龍的東寧路。

偶爾我們會趁全校都在午休，翻牆出去買一杯「波哥」的飲料，再翻牆回來繼續練團，把過剩的精力都發洩在手中的樂器上，同時慶幸自己藏身在一處不受管束的地方，既隱密又安全。雖然鐘聲一響，依然得乖乖把制服扎進褲頭，回教室裡上課。

不曉得學校是不是別有居心，居然在吉他社隔壁安排了國樂社，可想而知，雙方相處得並不融洽，這兩路人的行事風格南轅北轍，看對方都不太順眼。週六午後的社課時間，兩社幫眾各自圍成一圈團練時，總想用己方的音量壓過彼方，那是雄性動物的示威方式，爭一塊屬於自己的地盤。

遇到這種時刻，社內會團結起來，管你另類掛、民謠掛還是金屬掛，先一致對外再說吧！當國樂社的音波魔音傳腦似地轟了過來，我們再龜派氣功似地合力將它轟回去。

漸漸地，大夥發覺彼此都在同一條船上，想籌辦一場像樣的成果展，各陣營得通力合作才行。於是金屬硬漢、民謠歌手和另類小子放下了成見，放學後輪流在校門口散發傳單，或到眼鏡行拉拉贊助，並且四處張貼社員用Windows 95內建的繪圖軟體製作的海報。

我在團裡還身兼主唱（這句話聽來更加不可思議），我那彆扭的舞台動作就和歌聲一樣放不開，凡是必須高聲嘶吼的我都無能為力。團員遷就我，拷貝一些容易上手的樂團：Michael Learns To Rock、Green Day之類的。碰上伍佰的〈秋風夜雨〉、新寶島康樂隊的〈鼓聲若響〉等台語歌，我便將正確的發音牢牢背誦下來，避免在發表會上凸槌。

此外，我們也練習王菲的曲子。

一九九六年，我們成果展的那一年，王菲卸下歌姬的霓裳，重生為一名灑脫自在的另類歌者，繳出一張打破成規的實驗性作品《浮躁》；她的意圖很清楚，希望從樂壇公認的「最會唱歌的女歌手」，蛻變成一位真正意義上的音樂人。專輯中多數的歌都由她包辦詞曲，在北京搖滾圈兩大好手竇唯與張亞東的監製下，探勘更遼闊的音樂疆界，直觀地表達個人情感。

王菲、竇唯與張亞東，三個人都在同一年出生，竇唯是王菲當時的愛人，張亞東則是她的哥兒們，這三劍客湊在一塊兒玩興大發，恣意挪用西洋非主流樂派的語彙，讓整張專輯浸泡在一股迷幻飄逸的氣味中，像一幅線條鬆弛的潑墨山水畫，筆觸全然的寫意。

其中有一首〈不安〉，整首歌聽不見人聲，由電子鼓和合成器製造出迷離的聲效，猶如培養皿內的細菌，隨機分裂與蔓生。這種手法大膽顛覆了流行歌的公式，確實讓消費者感到不安，《浮躁》被視為王菲漠視商業市場的率性之作，被貼上「叫好不叫座」的標籤。

同名歌曲〈浮躁〉有一段白描式的開場：

九月天高人浮躁
九月裡，平淡無聊
一切都好，只缺煩惱

王菲筆下那個秋高氣爽的北京，那份蹓躂在胡同裡的恬淡心境，身處在亞熱帶地區的我們著實不好體會，不過藉由那些音樂，我們卻能勾勒出一個花樣年華的北京姑娘形貌，她與死黨們遨遊在錄音室，譜出一則青春無悔的宣言。

我初次聽見她脫俗的嗓音，是透過李宗盛的廣播節目《音樂人》，約莫是一九九三年左右吧？他在某一集的節目裡播放了近期鍾愛的粵語歌〈冷戰〉，那是王菲翻唱自美國女創作人Tori Amos的成名曲〈Silent All These Years〉，曲勢由前奏鋼琴所帶出的簡約，漸進到副歌時弦樂揚起的激昂，尾聲悄然收攏。

王菲用乾淨的咬字唱著林夕譜寫的詞，情緒拿捏得恰到好處，李宗盛如獲至寶，盛讚不已。我不記得他曾在節目中給過哪個歌手那麼高的評價，尤其王菲那時尚未在台灣出片，對多數聽眾仍是個陌生的名字；說到名字，她最早的幾張國語唱片，沿用的仍是她在香港的藝名王靖雯。

她善用自己獨特的音質和音域，總能把別人的作品詮釋出另一番韻味，不只Tori Amos，她在《重慶森林》電影中翻唱的The Cranberries及Cocteau Twins，和原版相比都毫不遜色。

不過她最情有獨鍾的翻唱對象，非鄧麗君莫屬。猶是素人歌手的中學時期，王菲就被唱片公司相中，請她灌錄鄧麗君的歌曲。鄧麗君猝逝時王菲已是歌壇巨星，推出了一張翻唱選輯向偶像致敬，隔年，便帶著《浮躁》跨入下一回合的生涯階段。

《浮躁》的封面拼貼了兩張王菲的照片，一張是她遮住眼睛，一張是她摀住嘴巴，翻到封底，她則用雙手蓋住耳朵，那三張照片意味著《論語》中的：非禮勿視、非禮勿言、非禮勿聽，似乎也暗喻了關於這張專輯，一切盡在不言中。

「不言」確實是《浮躁》的精髓所在，省話如她，自行創造出一種部落式的原始語言，沒人知曉她在歌中吟唱的那些「哼哼啊啊凹凹嗚嗚」究竟代表了什麼意思，我猜恐怕連她自己都不是那麼明白吧。

讀到這裡，你應該早就納悶了，我怎麼有辦法不自量力演唱王菲的歌呢？

那當然超出我能力範圍太多了，我們於是向女中找救兵，找來一名外形酷似王菲的短髮女生擔任演出的嘉賓。一票男生在和尚學校悶久了，練團室忽然冒出一個漂亮女孩，兄弟間的情誼立刻遭遇考驗，練歌時大夥變得心不在焉，情緒又浮又躁，樂團內部進入一種恐怖平衡的狀態。

剖開十七歲少年的心理組織，到處長滿糾結的細胞，從生物學的觀點，高中男女分校真是太不人道。

未來的日子裡，我漸漸體悟到人生有些事是無法勤能補拙的，玩音樂最需要的不是苦練，而是天分。我的吉他技藝慢慢荒廢了，從前是一天不彈都不行，現在是一天都不彈。有一回我返回台南，一時興起決定回母校走走，不知不覺畢業十多年了，集合場上的榕樹都長得更高大，建築卻好像縮小了。

我在走廊邊的布告欄看到校內的科學班招收女學生的公告，也看到熱音社的成果發表會海報，品質精良，顯然經過用心設計。

等等，熱音社？

我讓雙腳帶我走回那個熟悉的角落，社辦依然杵在偏僻的一隅，外觀好像又更破爛了，門上改掛著熱音社的招牌，外加一個搖滾手勢的標誌，還有一個骷髏頭琴身的電吉他圖案。我留意到，招牌上的英文社名用的是「Hot Music Club」，彷彿那種音樂真的會燙手。

門內隱約傳來樂器敲擊的聲音，我在門前偷偷聽了幾句，思索著該不該敲門。突然有個戴眼鏡的男生走了出來，他一臉稚氣，用一種異樣又好奇的眼光打量著我，也許在他眼中，我只是一個無故出現在此的大人，一個校園裡四處張望的遊客。

8. 一九九七．八．三十一

一九九七年八月三十一日，你出生了嗎？是否還記得當天發生的事情？

當年我十八歲，當天的細節至今仍歷歷在目，不過，記憶向來是狡猾的，耐人尋味的往往不是事情的原貌，而是我們選擇如何去記得它。關於那一天，以下就是我記得的版本。

那是個幽靜的早晨，我從家門口走向後火車站，整趟路程約莫二十分鐘，途中會經過幾座公園和綿長的紅磚牆。夏天就快結束了，天空是一片湛藍，我沐浴在柔和的日光裡，凝視著陪我長大的街巷，還能這樣悠悠哉哉在這裡散步的日子所剩不多，下星期我就得北上報到，去展開一段新的生活，認識新的同學，住進那座夢寐以求的城市。

我信步走過後甲國中，學校的大門正對著大學路，它筆直地劃開成大校園，盡頭即是後火車站。每年九月，外縣市的新鮮人會探頭探腦地從車站裡走出來，由熱情的學長接過手中的行李，騎著三輪車運送到校區，這是每逢開學季節大學路上一道別有人情味的風景。

身為附近的居民，我當不了那名熱心助人的學長，我一心一意只想離開這座小城，去台北闖蕩闖蕩。聯考雖惹人厭，至少提供青少年一個合情合理的離家出走方案，我的志願表上並未選填任何一所南部的學校，事實上，我只填台北的大學，哪怕什麼遊子的鄉愁、想家的思緒，那些都阻礙不了我前進首都的決心。

我和一群國中好友相約在後站，眾人在晨光中陸續現身，手裡都拎著一份早餐。我們剛度過一個快樂無比的暑假，閒來無事就聚在我房間聽音樂，下午再溜回學校打排球，廝殺過後跑去冰果室吃冰，餓了就加點一客鍋燒意麵，晚上各自回家收看最新一集的《射鵰英雄傳》（是港星張智霖飾演郭靖、朱茵飾演黃蓉的那個系列）。

大夥騎著新買來的摩托車四處晃蕩，每天在相同的地點重複著相同的行程，彷彿升大學的夏天，時間是一種可以任意揮霍的東西，遊手好閒絲毫不會有罪惡感。

我們就讀的國中有個行之有年的傳統，每年暑假會由畢業校友返校舉辦育樂營，升大二的是主辦屆，升大一的則負責協辦。許多當年曾經報名參加的國中生（在營隊裡稱為弟妹），幾年後成了主辦者（在營隊裡稱為哥姊），角色的轉變，象徵著生生不息的傳承，是那所國中的一大特色。

坦白說，校友育樂營的主角並不是懵懵懂懂的弟妹們，而是那群十八、十九歲的哥姊，他們朝夕相處、患難與共，從漫長的籌備期到一場接一場開不完的慶功宴，過程中有戀情滋生了，友誼深化了，甚至有姻緣締結了。

汗水蒸發在那件薄薄的紀念T恤上，留下鹽的結晶；淚水從年輕的臉頰滑落，洗淨成長歷經的風塵。盡情地擦出火花，對彼此許下誓言，學生營隊雖然有千千百百種，其實追究起來本質都是一樣的——和夥伴們，銘刻青春的時光。

莒光號以不疾不徐的速度在西部平原上行駛，暑假將盡，週日上午一票難求，我們只能買到站票，一夥人擠在同一節車廂裡，每當有乘客上車便得挪動雙腳，試著再騰出一些空間。我們的目的地是台中，還得站上好一陣子，今天，大我們一屆的學長第一次從成功嶺放假，在他入伍之前我們就約好到時要上去探望他。

在那個年代除非個人狀況特殊，台灣的男生得在升大二的暑假去成功嶺受訓，關在營區的天數可折抵未來的兵役日期。家長說，那是孩子們「轉大人」的儀式，孩子說，那是他見識到社會黑暗面的開始。

學長和我們原本不算同一掛的，卻因為育樂營混得很熟。他為人風趣，有一個文藝的單名，酷愛搞笑又能適時散發憂鬱的氣場，歌還唱得好極了，深受營隊裡的少女們歡迎。活動期間我和他組了一個雙人拍檔，由他擔任K歌之王，我則充當首席吉他手，在唱遊課和營火晚會上演出。我們的拿手曲目包括陳昇的〈然而〉，還有張宇的〈用心良苦〉，兩人合作無間，一副真的快要出道的樣子。

漸漸混熟後，我發現學長和我一樣是英式搖滾的熱愛者，這讓我們在群體中又共享了另一層的歸屬感；一九九七年，Blur、The Verve、Radiohead、Mansun、Spiritualized這幾個響噹噹的英國樂團不約而同都推出了代表作，而我們最有共鳴的就是Oasis。

就在前一晚，我才到北門路的唱片行入手了他們最新的專輯《Be Here Now》，打算藉由這趟車程好好來享用它。我從背包取出那張CD，側標文案上寫著：「英國現代搖滾教主全英冠軍專輯—綠洲合唱團—全體集合！！！」

唱片公司的企劃連用了三個誇張的驚嘆號，但也不能怪他，驚嘆，確實是當時全球樂壇對Oasis一致的反應。

前一年他們才創下連續兩場戶外演出相加超過二十五萬人的空前紀錄，一舉攀上聲勢的巔峰。僅發過兩張專輯，這幫來自曼徹斯特勞動階級的青年已公認是披頭四之後英國最舉足輕重的樂團，各種相關消息統治著報章雜誌的頭版，每一首暢銷單曲霸占著廣播電視的頻率。來到關鍵的第三張，世界都在看他們要如何突破自我。

我常想，倘若歷史可以重寫，Oasis的生涯就終止在無懈可擊的第二張專輯，讓史詩般的結尾曲〈Champagne Supernova〉把他們發射到那顆絢爛的香檳超新星，他們會成為地平線上一則永恆的神話。

然而這種劇本終究不會在真實的情境裡發生，一個正值全盛期的樂團豈甘願就此消失在樂迷的視界？Oasis透過《Be Here Now》做出強而有力的宣示：別以為我們注定走下坡了，接招吧！

他們首度在披頭四的艾比路錄音室進行錄音工程，間接強調了自己和披頭四的一脈相承。引人入勝的封面設計也值得玩味再三，背景是一棟被樹林環繞的豪宅，游泳池內漂浮著一輛雪白的勞斯萊斯，四周散落著各種物件，有拔掉指針的時鐘、天文望遠鏡、地球模型和老式留聲機，團員則身處不同的方位，各有各的表情和動作。

那幅封面猶如符號學的講義，處處暗藏著玄機，就連車牌號碼都意有所指。不過我當下只有能力解開一道謎語，是木箱上顯示的「AUGUST 21 THURSDAY」，那正是專輯在國外的發行日期，八月二十一日。

我在車廂裡戴上耳機，啟動了隨身聽，耳畔忽焉響起一陣直升機由遠至近的螺旋槳聲響，彷彿末日將至，而這列火車即將開往什麼戰場；小鼓接著猛敲了幾下，吉他和貝斯像獵物當前的掠食者瞬間蜂擁而上，主唱連恩蓋勒格以一種正在對全人類布道的口吻唱著：

All my people right here, right now
D'you know what I mean?

他在鼓動的氣氛中神氣地召喚著：「我的子民們，臣服到我身前吧，你們聽懂我的話語了沒？」

那首歌像一頭失控的巨獸，樂句裡流著迷幻的紅血，用張牙舞爪的姿態咆哮著。它不留餘地的樂器編排、不加節制的歌曲長度，聽得我耳朵發麻簡直無法招架，但這不過是前菜而已，後頭還有洋洋灑灑的十一首歌等著招呼我。

當時流傳著一個略帶諷刺性的說法：Oasis不只比生命更巨大（larger than life），甚至比生命更喧鬧（louder than life）。然而，真正迷上一樣事物，自然會到達類似宗教信仰的境界，聽眾化身虔誠的信徒，盼望得到感召。舞台上連恩威風凜凜、不可一世，他的老哥諾爾也不遑多讓，用能量飽滿的詞曲傳遞出樂觀的信念。

他們是一對天生的領袖，把樂迷從挫敗的青春期拯救出來，一同上路，尋找樂土。

Oasis之所以成為九〇年代的標竿，不光是扣人心弦的歌曲而已，也在於他們從精神內核中放射出的那股理想主義——無論眼前的生活有多糟糕，前途多不明朗，仍要高舉勝利的手勢為自己歡呼。我知道，這是學長目前所需要的。

大夥一路站到台中，時辰已近中午，車站前有外勞群聚，進行他們週日的同鄉會。我們沿著中港路走到附近的麥當勞，坐在一樓靠近落地窗旁邊的位置，以便就近觀察街上的動靜；速食店裡也有其他等候的家屬，帶著那種不確定自己正要見到什麼的表情。

突然間，馬路上嘩啦啦湧出一票又一票的阿兵哥，成群結隊的景觀遠遠看上去有點滑稽，清一色是軍綠制服、咖啡色迷彩靴、頭戴綠帽而鼻梁上架著一副黑框眼鏡的標準化模樣；無論他原先長得是什麼樣子，一旦換上這套裝束每個人都成了同一副德性，我們即使隔著落地窗，也能聞到那股濃濃的「菜味」。

套一句《報告班長》電影裡的台詞：「真是一群該死的大專兵！」

學長畏畏縮縮地夾在同袍間和我們相認，他的臉曬黑了，話變少了，長長蓬蓬的頭髮剃掉了，眉宇間擠出一種有苦難言的線條，直到食物下肚才稍稍恢復了活力；漢堡、炸雞、奶昔，在他眼中可比絕世珍饈。學長狼吞虎嚥地吃著、啃著、吮著，緊鎖的眉心這才慢慢鬆開來，整個人還原成我比較認得的樣子。

我們到鬧區的電影院觀賞剛上映的新片《變臉》，兩名男主角尼可拉斯凱吉和約翰屈伏塔在片中鬥智鬥力，搭配吳宇森的暴力美學，什麼砰砰砰的槍戰啦、做作的慢鏡頭啦、莫名出現的白鴿啦，片中應有盡有。如此盛大的動作片，才開演不久鄰座的學長就睡著了，我聞著隔壁飄來一陣一陣酸酸的汗臭味，猜測他應該好多天不曾好好洗一頓澡。

放風的時間就像沙漏裡的沙，一下子就快漏光了，我們陪著學長走回台中公園，沿路他的心情又低落起來。一列遊覽車已停在公園的入口，等著把阿兵哥接送回營，部隊的輔導長在送行的親友前努力維持著和藹可親的笑容，趁著集合前最後一點時間，我和學長在湖邊的草地上坐了下來。

我本來想和他分享剛出爐的聽後感，當下卻覺得不用再多說了，我把耳機遞給了他，替他轉到第四首歌，幾秒後，學長疲憊的眼瞳裡漾出了一抹光。

回程之前，我在火車站的書報攤上看到那則永生難忘的晚報頭條：「號外！英國黛安娜王妃驟逝巴黎！」斗大的標題配上一張模糊的車禍現場照片，候車室裡旅客們議論紛紛，電視台緊急插播著新聞快報。

THE LONG GOODBYE

Volume1: 1989 — 2001

一個時代在今天結束了。

走出南下的列車，我和夥伴們在月台上道別，大夥即將分道揚鑣，各自開啟新的人生章節。我從小小的後車站回到大學路，街燈已經亮起，眼前是日後讓我眷戀不休的情景；而告別的反面，是渴望已久的獨立生活的自由，我對自己說，我準備好要離開這裡了。

SidE b

SidE b

1. 指南山城

車開了才知，指南山麓是這回的終點
而我七百多個日子的漂泊
卻沒有給我一個答案
何處是我歸途
——張雨生

我在北上的遊覽車裡聽著這首〈無題〉，它出自張雨生的《想念我》專輯。從小學時聽見這首歌開始，指南山麓成為一個象徵遠方的地標，在我的心田裡駐守；記得看過一張爸爸大學時代的黑白照片，他和哥兒們肩搭著肩，一副有為青年的模樣，背景也是那道平緩的山脈。

如果從前有人告訴我，有一天，我會看見他們已經看過的風景，體驗到他們曾經擁有過的生命經歷，那種感覺應該很微妙吧？這輛車的行車終點，正是指南山。

這是南友會安排的聯合包車，把台南各所高中的政大新生統一運送到校園，替家長省下接送的麻煩。爸媽坐在我前一排的座位上，每隔半個鐘頭，兩人就會輪流回過頭來問我：這個帶了嗎？那個帶了嗎？

我的行李箱不算大，扣除生活用品和日常衣物，能帶的不外乎幾片常聽的CD、一本厚厚的《遠東實用英漢辭典》，和幾卷朋友錄給我的Mixtapes。我另外拎了高中的那把木吉他，還有一台擺頭時關節部位總是嘎嘎作響的桌上型電風扇。

遊覽車駛入盆地後開下交流道，穿過繁忙的市區，抵達一座依山傍水的城鎮。女舍的入口就在校門附近，女生們先行下車，司機再用他高超的技術在狹窄的指南路上掉頭，沿著學校邊界開過幾座橋，往山頂的方向挺進。通行證好像出了點問題，車子無法直達男舍門口，我們連同行李被卸在環山道上。

學長搔著頭說：「各位學弟和家長，真是抱歉，得麻煩大家用走的上去了。」眾人提著大包小包，氣喘吁吁爬著陡峭的樓梯，那座樓梯少說超過一百階，一路盤旋到地勢最高的地方。車程中聽其他新生說，男生宿舍被人戲稱為布達拉宮，我弄懂那個意思了。

爸媽幫我把行李提到二樓的寢室，偪促的空間裡塞了四對陳舊的桌椅、四個受潮的衣櫥、兩張略微生鏽的上下鋪鐵床，再沒其他家具了。安頓過後，一家三口在宿舍周圍繞了一圈，爸爸舊地重遊，顯得頗有興致，把一草一木都看得仔細，他說山上的校地是他畢業後才闢建的，以前是一片荒蕪。

我們走到籃球場旁一塊視野開闊處，那裡可以俯瞰整個校區，爸爸指著一條流經山腳的小溪，憶起當時常淹水的往事。

「那條就是有名的醉夢溪。」

「嗯，醉夢溪？」

「醉生夢死的意思啊！」他笑了起來，忽然間好像回到年輕的過去。

我陪他們走回遊覽車前集合，這次我無法陪他們上車了。臨別前，爸爸和我握手，媽媽給了我一個擁抱，這兩個舉動都是我記憶所及的第一次；我看著他們看我的眼神，夾帶了好多深沉的情緒和感受，有盼望、有期許、有擔憂，也有一點捨不得，我這才意識到，這一刻對他們有多麼重要。

接下來一年，我度過了一段山居歲月，寢室的成員全是外地人，組成的分子非常奇特，有一個身材魁梧的原住民，家住台東的太麻里（當然，我們初次見面時他就說了那個「太麻里隔壁」的冷笑話了），他濃眉大眼，笑開時整齊的牙齒白得會發亮，是我平日共進退的同黨。另一個是年近四十的巴西黑人，他茹素，篤信佛教，由台灣的師父幫他取了一個中文法名「守般若」。

這真是太另類了啊！他的名號和事蹟很快在男舍間傳開，成為地方上的名人，每回遇見新的朋友，守般若都得向對方一再解釋道：「我真的，不會踢足球。」

時序進入冬天，山區的氣溫驟降，天空時常是陰灰一片，不透光的雲層彷彿藏著什麼心事，想到傷心處就落下了幾滴淚——啊，這是木柵的冬天，果然名不虛傳。當天氣愈寒，雲的淚腺也愈敏感，深冬的十二月，木柵成了一座潮濕的雨城，掛在門窗上的衣物再也晾不乾了。

室友們幾經商量，決定湊出一筆錢，並推派我為採買公差，到山下買台堪用的除濕機。

指南路兩旁有不少專做住宿生生意的雜貨店，備有草席、棉被和電鍋那類日用品。其中開了一間政大之音唱片行，同為家庭式經營，店面的擺設樸素，天花板吊了幾盞日光燈，毫無營造氣氛或任何強調品味的意圖，純粹是將音樂當成一種學生可能會需要的日常用品來販賣。

當我完成採購任務，順路走進政大之音，我事前並無預設的目標，單純是想進去晃一下；不過對荷包來說，在唱片行「晃一下」往往相當的危險，當我離開店門時，除濕機的紙箱上已多了一片藍色封面的CD。

幾分鐘前我才從老闆娘口中學到「喆」這個字的正確唸法，「兩個吉加在一起，是唸ㄓㄜˊ喔！」她接著補充：「他是陶叔叔的兒子呢，我們上禮拜才進的，賣得嚇嚇叫！」那歡快的語氣簡直就像隔壁雜貨店老闆很滿意近期的蚊香銷量似的。

我雙手抱著除濕機，沿著風雨走廊徒步上山，封面上的神祕男子泡在一灘深藍色的池水中，彷彿藍色是他的保護色。他沿路和我對看，似乎是在催促我趕緊拆開它；我確實也等不及了，那是一張雋永的良品，我心裡有數。

不同凡響的創作都有一個共通點——不吝嗇儘早向人揭示自己的過人之處。譬如，厲害電影的第一幕通常就很厲害了，好看的書第一章就文采斐然了，經典唱片的第一首歌就教人回味再三了。我在唱片行聽到的那首〈飛機場的10:30〉不單是動聽而已，把它置放在同期的國語歌裡，那風格是如此與眾不同。

技術上說來，它其實是第二首歌，陶喆別具巧思地在〈飛機場的10:30〉前後各安插了十秒左右的聲音切片，曲名分別是〈Airport Take Off〉與〈Airport Arrival〉，顧名思義是飛機起飛與降落的收音，前三首連播下來，有一種強烈的臨場感。

憑著他優秀的音樂協調性，以及對各式歌路的理解和掌握，陶喆將西洋樂壇行之有年的節奏藍調曲式，完美地移植到中文歌的脈絡下，賦予當時技窮的國語流行音樂一種全新的聽感——層次豐饒，音場奔放，滑溜順耳得一塌糊塗。

他的洋腔洋調唱起中文詞竟然毫無違和感，還以無伴奏合唱的方式改編了台語老歌〈望春風〉，展現他的膽識與創意。在此之前，我好難想像一個東方男生可以唱出近似瑪麗亞凱莉那種千迴百轉的花腔，陶喆卻辦到了，他的假音一氣呵成又餘味無窮，聽起來好過癮！雖然聽眾也會納悶，他那樣轉呀轉、繞呀繞的，聲帶怎麼都不會扭傷呢？

伴隨著除濕機的聲響，那張CD在我們的寢室不眠不休播送了好幾個日夜，成為我在台北第一個冬季的原聲帶。耶誕節前幾天的晚上，我到計算機中心上網，在校內的貓空行館BBS站發現一名使用者的暱稱是「再見以前先說再見」，那是專輯中一首揪心情歌的名字。

那人的ＩＤ「感覺上」像是女生，遇到知音，我忍不住丟了水球過去。

——陶吉吉？

——王八蛋。

——飛機場？

——10:30 :)

〈王八蛋〉是專輯中另一首歌的歌名，通關密語全數答對，這下該如何是好？一問之下，她人就在計中的另一間麥金塔電腦教室，那時習慣使用Mac的人並不多，我對她又更好奇了。

計中關門前，我們在走廊上見面，（幸好）是個女孩沒錯。她和我同樣是大一生，讀的是哲學系，微笑的時候眼窩和酒窩之間會連成一道特別迷人的弧度。我們走向河堤，有一搭沒一搭地找話聊，主要仍繞著那張專輯打轉，彷彿維持在那個話題，會讓我們的見面比較具有正當性。

她說自己最喜歡的歌是〈十七歲〉，讓她回想起中山女高的時光；我說我最喜歡的是最後一首〈Answering Machine〉，整首歌全是電話答錄機的錄音，陶喆的父母留給他的叮嚀話語，也讓我想起自己的爸媽，尤其他們也會提醒他在外吃東西要當心一點。

「可是……那不算一首真正的歌呀。」女孩說。

「嗯，好像也是……好啦，我最喜歡的應該是〈沙灘〉吧，專輯裡還收了兩種不同的版本。」

「我的心，我的心，藍藍的。」她用柔軟的聲調哼起〈沙灘〉的副歌。

我們聊得滿投緣，彼此的步伐都愈放愈慢，徘徊在寂靜的景美溪畔。夜已深，運動的人全都散去，公車已經收班了，我回宿舍向室友借了頂安全帽，騎摩托車載她回家。女孩的家位在中山北路尚未經過中山橋的巷子裡，而中山橋上橫跨著一條中山高速公路，她的人生序列是那麼井井有條，我卻像個不斷移動的座標。

那天半夜我們在線上再遇，她把暱稱改短為「再見以前」，我則把自己的改成「先說再見」，那是我倆心照不宣的默契。

可惜哲學式的思惟終究解決不了感情的難題，我們似有若無的關係起起伏伏，最後無疾而終。大一下學期我邀她來觀看金旋獎的比賽，我報名了獨唱組，打算演唱陶喆的歌，結果她並未現身，我的表現也糟透了，初賽時就慘遭淘汰。

從此我不曾在校園裡再遇過她，也許她轉學了，也許休學了，也許我倆只是再無錯身的緣分。我試著在站上查詢她的動態，發現那個ＩＤ已經註銷，就連說再見的過程，她都安排得井然有序。

十多年後我回校擔任金旋獎的評審，趁機安慰了一下那些被淘汰的同學。政大之音已不復存在，那排樸實的雜貨店多半改建成窗明几淨的藥妝店了，學校裡甚至多了幾棟造型猙獰的建築，但大致上木柵仍是從前那個樣子，有綿延的指南山，蜿蜒的景美溪，還有那條長長的河堤。

中山女孩，現在也三十好幾了吧？我在河堤上走著，準備去牽摩托車，突然想念起她微笑時那道特別迷人的弧度。

2. 華山論BAND

好像經歷了好多事又好像什麼事也沒有做，大學的第一個學期就要隨著返家的行李封進箱子裡。我把行李箱從床鋪底下拉出來，拍掉積在上面的灰塵，把幾個月前拿出來的東西再一樣一樣裝回去，那些在景美夜市新添的行頭，讓箱子顯得擁擠了。

照理說回家過個年，半個月後就回來了，寢室不用收拾得太乾淨，不過宿委會把我們那一層規劃成某個校園營隊的寒訓住宿地點，擔心東西被別人亂動，能帶走的我們仍盡量帶走。

期末考才剛結束，男子宿舍頓時成了半座空城，平時捧著臉盆、踩著藍白拖、只穿一條內褲就大剌剌去浴室洗澡的；從球場上鬥牛回來，在走廊邊大呼小叫的；半夜不睡覺窩在棉被裡玩線上遊戲，你殺我我殺你的，上述種種出沒在男舍的生物都趕著返鄉過冬，一時之間，向來吵吵鬧鬧的交誼廳不見多少人在走動。

兩個室友的老家都路途遙遙，他們先行上路，和我相約年後再見。送走守般若的下午，我到玄關打了通電話給媽媽，她問我何時才要回家，我說再等一下，行李都裝箱好了。走回空無一人的寢室，我坐到書桌前，突然好不習慣這種冷清的情景；窗檯下用膠帶黏了一張行事曆，我在「一九九八年一月十七日─星期六」的欄位中，看到不久之前自己寫下的字跡：搖滾社期末社聚 華山論BAND

「對了，這是我還留在這裡的原因。」我把這句話說在心裡，沒發出聲。

當初加入搖滾社，一方面是為了結交朋友，另一個實際的原因是社辦裡有一套鼓，練團時就不用跑去市區的阿帕練團室。木柵什麼都有，獨缺一間像樣的練團室，若沒有這種特殊的需求，在這裡自給自足倒也可以過得好好的，加上學校前有河、後有山，常聽人說政大學生有一股「與世無爭」的氣質，大概就是這麼來的。

有些特別用功的外地生，整天埋首於書堆中，每天的行進動線固定是宿舍、教室與圖書館，畢業時，還誤以為木柵就代表了整個台北。然而對於貪玩的搖滾社黨徒，步調緩緩慢慢的木柵實在沒啥搞頭，好玩的事永遠發生在城裡。

老實說，大學的社團雖然五花八門，本質上都是吃喝玩樂的組織。我當時仍是個騎車進城會不小心迷路的外來客（為何新生南路直直騎下去，接的是松江路而不是新生北路呢？），於是把握每一次出遊的機會，緊緊跟著他們──Roxy酒吧、Vibe搖滾俱樂部、宇宙城唱片行等等，尤其那幾個抽菸喝酒的場所，一個人著實不大好意思踏進去。

開學後的期初社聚，社長要帶大家去見見世面，他說有一家店去年才開業，很屌！一夥人風塵僕僕騎到台大對面，被帶進了女巫店，甫在桌邊坐定，我就被菜單上的「月經奶茶」給嚇了一跳（後來在好奇心的驅使下必定是要點上一杯），幾條掛在椅背上晃呀晃的胸罩也讓我不知所措。

這樣和社員們東奔西跑，混了一個學期，搖滾的素養是否因此提升了，那很難說，酒量倒是進步了不少，遇到各種稀奇古怪的事，也比較能像台北人那樣處變不驚。

一月十七日這天，搖滾社一夥沿著軍功路繞行，從盆地邊緣的缺口潛入市區。我們六七輛摩托車停在忠孝東路的紅磚道上，目標就在眼前，是公賣局的廢酒廠，和女巫店一樣，這也是我第一次有機會到裡面探險。

不過一個月前，金枝演社闖入廢棄多年的園區進行演出，被扣上侵占國土的罪名，劇團的負責人被警察抓走，藝文圈群情譁然，最後是由林懷民出面到警局保他出來。其實早在一九八〇年代尾末，公賣局已遷廠至林口，這座台北酒廠閒置下來，曾經日夜運轉的廠房成為一座座陰暗的廢墟，也成為治安的死角。

金枝演社透過侵入「國有財產」的方式試圖衝撞體制，喚醒政府對這一大片棄置空間的重視。在文化界的群起聲援下，當局開始認真評估它再利用的可能性，逐漸將破敗的廢酒廠活化為一塊屬於公共的多元展演園地，即後來人們所熟知的華山藝文特區。

事實上，這是動蕩不安的一九九七年結束前的最後一則插曲，當年的台灣很不平靜，三起駭人聽聞的重大刑案接連爆發，人民生活在恐懼中，不曉得下一個受害者會不會是自己。那個變調的晚上，當台視新聞的戴忠仁連線到正在做困獸之鬥的陳進興時，男舍彷彿著火了，每個人都往交誼廳奔去。

積累多時的民怨終於沸騰起來，上百個公民團體集結在總統府前，連平常鮮少參加遊行的老弱婦孺為了更安全的居住環境，也選擇站上街頭。她們手纏白紗、衣服別上紫色絲帶，手裡高舉著紙板：「悲」、「憤怒」、「沉痛」。

入夜之後，上萬人靜坐在剛從介壽路改名的凱達格蘭大道上，堅定地表達訴求；同一時間，雷射光束將斗大的「認錯」兩字投射在總統府的塔樓上，「總統認錯！撤換內閣！」如雷的呼喊聲不絕於耳，台灣的群眾運動就此邁入了新頁。

然而，理應反應時代脈動的流行音樂，此時卻與現實脫節了，社會上風起雲湧，國語歌壇卻瀰漫著一股溫情主義，唱片公司愈來愈擅長行銷與包裝，積極複製那些已經成功的案例，反而忽略了更生猛、更寫實，或許也更刺耳的聲音。

社會亟需一道新的力量，它具備批判的勇氣，也保有自省的能力。處在人心惶惶的黑暗期，熱血青年光是愛國可能不夠了——哀國，並開口為它唱幾首歌，代表心仍未死。

獨立搖滾樂團的合輯《ㄞ國歌曲》便在這種騷動的氛圍中孕育而生，它是角頭音樂編號○○○的開山之作，「華山論BAND」正是這張專輯的發表會，名稱取自金庸小說裡絕頂高手在華山論劍爭天下第一的典故。

那時的我們（或許也包括所有人），並不清楚這個場合的重要性，當然更無法預知它將來被賦予的歷史地位，以及那張合輯造成的深遠影響，單純是有個社員在《破報》上讀到相關的報導，大夥便誤打誤撞地殺了過來。

想想，許多改變歷史的事件也都是誤打誤撞的結果，譬如咖啡豆水煮後可做為提神的飲料、大麻能夠止痛、LSD會產生迷幻的效用，乃至張無忌在白猿腹中找到失傳許久的《九陽真經》。

當時的華山以「園區」來形容簡直太稱頭了，它反倒像個生人勿近的禁區，斑駁的建築物表面滲出一抹蒼涼的氣息，夜晚中看去甚至有些陰森，帶點鬼氣。偌大的酒廠並沒有明確的出入口，我們跟著其他人從一排圍籬的縫隙處鑽了進去，走過幾棟廠房，在倉庫邊的空曠道路上看見兩座簡陋的舞台，面對面搭著，台上各有樂團在表演，很有互相叫陣、拚場的氣勢。

冬雨連下了一個月仍下個沒完，整座城市被弄得濕答答的，不少人先躲到門簷下避雨了，更死忠的就披著雨衣擠在台前，任憑雨水也澆熄不了他們的士氣。其中有一組樂團的粉絲明顯較多，登台時現場響起熱烈的歡呼，身材高瘦的主唱穿著一件黑色絲質襯衫、戴著細邊金框眼鏡，那裝扮不太Rocker，比較像是高中數學老師。

單以外形評斷，感覺似乎有點奇怪，可是當音符落下，那主唱頗有大將之風，他控場的功力了得，帶領歌迷高喊那首歌的名字「愛情萬歲！」，幾個環繞在他身旁的團員也有初生之犢的氣韻，投影燈一閃一閃，照亮那五個人臉上無畏的表情。

主唱是實踐大學的學生陳信宏，樂團名叫五月天。

那時他們成軍還不到一年，台風已練得很穩健了，絲毫看不出是個學生樂團，合輯中那首大鳴大放的〈軋車〉是他們初次發表的作品。不單是五月天，《ㄞ國歌曲》蒐羅的本土藝人，多是初次走進錄音室：四分衛的〈活著〉、原音社的〈山上的孩子〉、夾子樂隊的〈爬到屋頂去哭妖〉、全方位盲人樂團的〈給我一槍〉。

角頭音樂的創辦人張四十三也親自貢獻了一首〈台灣性高潮〉：

親愛的李伯伯，請你不要害臊
親愛的江叔叔，請你別再嘮叨
親愛的同志，中國的同胞，好想同你擁抱，聞那祖國的騷包
親愛的人民，台灣的同胞，我們不要武力騷擾，我們要性高潮

李伯伯與江叔叔指的分別是兩岸的領導人李登輝與江澤民，這首歌用戲謔的語法，大開政治人物的玩笑。

這種不顧可能的後果，因為咱們「沒什麼好輸」的態度，正是非主流文化的核心精神。角頭音樂在獨立廠牌蓄勢待發的一九九〇年代，替戶外演唱會開啟了創舉，現場的兩座舞台一座命名為北角頭，一座名為南角頭，重現廟會時戲班子在廟口前拚戲

的陣勢；當五月天演出至半場，四分衛忽然出現在他們身後，同台彈了起來，就像兩幫人用音樂對打過招。

合輯本身也替角頭奠定了日後的美學標準：十吋黑膠尺寸的正方形紙殼，封面印著人文質感的攝影或插圖；「與人民一起思想」這一行字醒目地落在右上角，下方是一幅類似拜拜用金紙上面的圖案，仔細一看，眾神手中握的是吉他、鍵盤與鈴鼓。這幅插畫的作者即是陳信宏，哎，我們還是以阿信來稱呼他吧！

當晚，各路英雄好漢齊聚華山論BAND，縱然天氣濕冷，會場始終洋溢著一股熱力，就連脫拉庫樂團也應邀上台試了試身手。一票樂團中，董事長是風格最草根的一組，成員年少時就鬥陣在一塊兒，大口喝台灣啤酒、抽長壽牌香菸，音樂的調子有一種藍領男兒的隨興與放肆，特別粗獷，也特別得帥。

《ㄎ國歌曲》合輯的開場曲正是董事長樂團的〈攏袂ㄎ勢〉，它是一首鏗鏘有力的台語歌，以歌詞反省著社會的現實，有稜有角的曲風展現了純正的地下音樂本色，主唱冠宇在曲末的高潮段落對飄雨的夜空吶喊著：

攏袂歹勢，國民黨你攏袂歹勢
攏袂歹勢，阿輝仔你攏袂歹勢

台下站了好多老外，應該都不知道歌詞的意涵，卻也聽得興味盎然，隨著樂聲搖頭晃腦。整個晚上來來去去的也許不過幾百個人，我卻感覺，城裡每個「該來的人」都從冬眠中甦醒，趕上了這場集會。這些人身上帶著某種共通的氣質，神情和舉止都不太像平時會在馬路上見到的人物。

我站在兩座舞台中間，看著他們帶著她們在我身旁穿梭來、穿梭去，互相問好打招呼，彷彿大家都認識大家。那是我初次清楚地感受到所謂的圈子，它像個俠義的江湖，置身在主流社會的雷達外，那裡有恩怨與紛爭，也有真摯的情誼；有不相為謀的對手，也有歃血為盟的戰友，而且在時間的作用下，那些角色可能會顛倒過來。

很多人說，一九九八年初的這場搖滾派對，預視了即將到來的盛世，一顆閃亮的新星誕生了。其實，一整座耀眼的星系都在這一天成型。

3. 龍年，春天吶喊

高速公路的南下車道擠滿了返鄉的車潮，動彈不得的車就好像剛斷氣的魚，一列列靜止不前，連路肩上也躺了一長排。國道警察們束手無策，任憑車輛熄火，在路旁停駐。

這是春假的第一天，又遭逢星期六，沒有不塞車的道理，不過這回塞得太誇張了，光是台北到台中司機就悶頭開了四個鐘頭，我們的目標卻遠在島嶼的最南端，午夜之前能否順利到達目的地，恐怕大有問題。

我和J坐在統聯客運的最後一排，看著窗外定格的風景，這是我們第二次到墾丁旅行了，前一次是去年的寒假，當時我先回家開車，她到台南與我會合，兩個人再一起開下去。這些細節我都沒跟爸媽多講，他們問起借車的原因，我就用跟「班上同學」出遊搪塞過去。

J確實是班上的同學，但也具有女友的身分，這層關係我不願多做交代，就怕他們問東問西；況且，孩子談戀愛了，父母總會感應到的。

幾個朋友昨夜已從市區的聖界Live House搭上直達墾丁的專車，有人傳簡訊過來回報，一共十多輛遊覽車，浩浩蕩蕩往南國開去。此時的我們只能坐困車陣中，想像他們驚人的聲勢，還有蔓延在車廂內的溫熱荷爾蒙。旅途中，人人等著配對，等著被人圈選。

巴士蹣跚前行，像一個跑不完比賽的馬拉松選手，一路掙扎到晚上十點才停在高雄火車站門前。司機癱在駕駛座上，早已筋疲力竭，乘客亦然。我們到隔壁的中南客運櫃檯詢問，售票員說，駛向墾丁的車只剩最後一班了，而且還得再等上一等。

「來啦！搭我們這輛！就差你們兩個，坐滿發車喔，一人三百就好！」野雞車的領班把我們拉到他的小巴前，我看車上已經坐了一群老外，臉頰都喝得紅通通的，感覺瘋瘋癲癲但應該不具威脅性，我向J使了個眼色，拉她跳上車去。

同樣只剩最後一排座位，我們才剛坐穩，前排的老外就把啤酒遞過來了，開始大聲唱歌，把手伸出窗外；忽然間，這輛小巴成了通向夢土的載具，涼爽的晚風從車窗灌入，一併捎來他們身上的酒氣、幾串陌異的語言，還有那勃勃的生氣，這樣的景象我是熟悉的，我甚至以為自己還在那裡。

擾人的時間打發不走，J玩了一陣手機裡的貪食蛇，「沒電了。」她說，接著在我身邊沉沉睡去。暗夜中，省道旁的檳榔樹搖曳出鬼魅般的幻影，車上的小電視配合演出，播映起《靈異第六感》，我倒抽了一口涼氣，把耳機戴上。

我的MD隨身聽同樣快沒電了，它是我用唱片行打工的薪資在西門町物色到的，每片MD可錄製八十分鐘，約莫是一張半的專輯長度。行前我自製了幾張合輯，專門挑些適合在公路上聽的樂團，如Kent、Eels、Mogwai那一類，其中有個本土樂隊叫1976，團員比我們大不了太多，一年前獨立發行了首張專輯《1976-1》，搖滾社內不曉得誰神通廣大弄來了一張，很快在社員間流通開來。

專輯的結尾歌就叫〈九〇年代〉：

今天是二〇〇〇年一月一號，這個小島一定會更美好
九〇年代過了耶，來嘛，開心一下

明天是二〇〇〇年一月二號，要找個理由慶祝一下
以前在九〇年代的時候，我都是這樣子想

那首歌的時序定在二〇〇〇年元旦的那一天，快轉三個月，便來到即將結束的今日，千禧年的第一個愚人節。我身上穿著去年暑假在瑞丁音樂祭買的T恤，去年從英國回國後，就經歷了九二一大地震，地動山搖時，我和J瑟縮在學校附近的外宿公寓裡，一度以為房間的牆就要裂開；未來的幾個月，千禧蟲則讓全世界的電腦都緊張兮兮。

然後，四…三…二…一…，我們站在市府廣場前倒數：Happy Millennium!白熾的光束射入星空，也將我們的心願射向宇宙：要勇敢，要出人頭地，要長長久久。

九〇年代真的過去了啊，波斯灣上空的愛國者攔截飛毛腿、網球場上的阿格西對決山普拉斯、BB Call與公用電話、傑克與蘿絲、牯嶺街的小四、週日午後的龍象大戰，我們的第一個吻。

九〇年代終於成了過去式，往後再提，通稱以前。

小巴一路南行，沿途停靠小港、枋寮、楓港、車城、恆春，漫無止境的車程在墾丁國小的站牌前完結，由此向南，再無停靠的站點。半夜的墾丁大街依然人聲鼎沸，我們找了一家尚有空房的旅館，它的位置比較靠近海，睡了一場有好多夢來了又飛走的覺。

春天的墾丁風情萬種，美中不足就是人太多了，什麼都得用搶的——餐廳的桌椅、出租摩托車，甚至提款機裡的現金。星期天中午我們到處租不到車，也到處領不到錢，索性租了一輛協力車在鎮上亂晃。鬧區中滿是打赤膊的男生和比基尼辣妹，兩種人互相眉來眼去，猶如置身什麼商品展示會的現場。

當我們快騎到國家公園的入口時，有人忽然在路邊叫住我們，一看，是班上的同學毛主席，他比我們早一天下來，只見他手裡拎著一顆睡袋，他說剛才閒閒無事，跑去沙灘上睡覺了，等等再晃一下才要進場。我們有約等於沒約似地相約會場裡見，看他又拎著睡袋跑掉了。

協力騎過一段迂迴的上坡路，我們把車鎖在一個三岔路口，順著指標走向六福山莊。這是一條牧場間的小徑，隔著木樁與鐵線架起的圍欄，兩側都是成群的牛羊低頭吃著牧草，牠們沉浸在鮮嫩的口感中，懶得瞄上我們一眼，倒是開過身旁的接駁車內，有的樂迷會拉開窗戶向我們打招呼。

這條小徑直直通往山莊，走了快半小時都遇不到一條岔路。我們愈往深處走，路標愈是隱沒不明，原先屹立在遠處的大尖石山已經被拋在身後了，突然，有幾名背著登山大背包、手提樂器的青年快步超越了我們，他們頭上戴著大草帽，帽簷被野外的風吹動起來，我從後方凝望著那些背影，覺得眼熟。

差不多就在我第三次向 J 表達歉意的時候（早知道，可以搭接駁車進來的啊），六福山莊總算到了，樂迷和樂團各有入口，而樂團的報到處寫了幾行說明事項：

一、首次演出的樂團，可領取兔年春天吶喊的CD

二、往年表演過的樂團，可享用午餐和晚餐

不同的待遇，反應出「搖滾職場」上的年資差異，我們身邊玩團的友人，無不以登上春天吶喊的舞台為努力目標，那真是一件很帥的事情！至於我這種被淘汰出局的前樂手，每年能來走一走，也是元氣補滿。

一九九五年，十二生肖輪迴到豬，兩個滯台的老外把音樂祭這種西方人的玩意兒帶到了墾丁，他們就像另類的傳教士，向善良的島民傳播搖滾的福音，第一屆Spring

Scream於焉展開，從此，春天非來墾丁吶喊不可。

起先圈內人稱呼它「叫春」，後來的媒體報導則簡稱「春吶」，幾年下來規模愈辦愈大、名號愈來愈響，遊戲規則也跟著調整：第四屆時，每組參演的樂團至少得準備一首原創曲目，再過一年，所有的歌都必須是原創曲了，活動也擴展成四天，並加入藝術節的元素，把裝置藝術、手工藝品市集也引進會場。

據說，今晚的壓軸樂團沒有一年缺席，他們讓人亢奮的現場，總是叫春的最高潮。

出發前我和J研究過團序，雖然錯過了第一天，我們感興趣的恰好都集中在第二天：Echo、廢物、夾子、賽璐璐、四分衛、五月天、迷幻幼稚園，簡直是當紅樂團的大會串；而會場只設兩座舞台，時段會稍微錯開，不太會遇到衝堂的問題。

雖然邁入第六屆了，Spring Scream依然有著濃厚的DIY精神，寬廣的場地上看不到一面商業贊助的看板，工作人員也全是義工；陽春的舞台邊堆了一些克難的器材和燈具，帆布頂棚禁不起強風一吹。最有趣的是明明規劃了露營區，五顏六色的帳篷仍像雨後的真菌散落在草原各處，裡頭不時會傳出耐人尋味的聲音。

安排在下午的樂團品質比較參差，有一名頭髮捲捲蓬蓬的民謠女歌手，像是生錯年代（當然也生錯地方）的珍妮絲賈普林，她向台下傾吐心事的時間遠多於唱歌的時間；另有一組技術生澀的金屬速彈派，可能自覺這是唯一一次在春天吶喊露臉的機會，輪到各樂手的Solo橋段，每個人都卯起來獨奏，主唱完全被晾在一旁，臉臭得快要抓狂。

樂手們下了台，自然成為其他樂團的觀眾，大夥悠閒地坐在草地上，聽見喜歡的歌就跟著拍手。場內來來往往的搖滾客，光看外形就能猜出他屬意的音樂風格，有妖豔的視覺系、刺刺的龐克頭、打結的雷鬼辮子，少不了很多邋遢的破牛仔褲。換場的空檔，樂迷各憑本事消磨時光，有人在小丘上打排球，有人踩著滑板溜來溜去，有人和身旁的伴侶躺下來，一起靜靜地呼吸。

南國的天空無一片雲，我們耐不住炎熱，聽了一會兒就躲到樹蔭下去，沒多久，四個年輕的身影走上舞台，主唱站在中間，用一種靦腆卻自信的語調說：「大家好，我們是1976，這是我們的新歌，〈影子〉。」

一段貼近耳朵頻率的吉他聲在空氣中擴散開來，爽朗的英式搖滾聲線，對我和J都是不用轉譯的音樂類型。隔著一段距離，我其實聽不太清楚他在唱什麼，好像提到了菸、提到快樂、提到自由，但我明確感受到一股悸動，那是來自同類的呼喚，震動耳道，直擊內心。

J似乎比我聽得更入迷，身體隨著節奏前後搖擺著，那是我們第一次看見1976的現場，就在《方向感》問世的一星期後，地點是一座海角天涯的烏托邦。

黃昏過後，熱帶的太陽終於沉入山頭，天色轉暗。敲手鼓的樂師聚成一圈，搭配異國餐車播送出的弛放舞曲，集體敲出奧妙的聲音序列：咚咚咚—嗒—嗒—咚咚嗒—

嗒咚，好似某種催眠的暗語。

幾滴高濃度的酒精入喉，我覺得雙眼彷彿戴上了濾鏡，濾出奇異的視覺效果，火舞者們舞姿翩翩，像一隻隻旋轉的蝴蝶，用手中的火把劃出絢麗的光影；二手唱片的攤位上掛著鮮紅色的燈籠，燈泡忽明忽滅；會場四周的塗鴉幻化成活靈活現的動態圖層，這一切都暗暗指向，好戲正要登場。

台灣樂團史上戰慄的一頁，無預警地在我們眼前被翻開了。

濁水溪公社上台前，場中早已瀰漫著一股騷動之氣，地上好像通了電，每個人都精力過剩，跳上跳下。長頭髮的貝斯手率先走了出來，他撐著枴杖，一跛一跛，群眾們忍不住開始鼓譟，呈現出山雨欲來的緊張情勢。

貝斯手坐定後，其他團員隨即衝上舞台——真的是用衝的，他們身後尾隨著幾名狀似隨行人員的男子，各個神態猥瑣，套著便利超商的背心，胡亂對台下叫囂著。吉他手喃喃介紹出歌名，樂團成員急躁地演奏起來，尚未進行到副歌，一眾隨行男子就將預先備妥的道具一樣一樣搬出來：酒瓶、板凳、匾額、大龍炮與沖天炮。

這時，吉他手和主唱同時扔下手中的樂器，只剩貝斯和鼓勉強支撐著音樂。仿效三幕劇的模式，任何出現在台上的東西都帶有推進劇情的功用，譬如一旦出現了槍，某個角色一定會被打死，而在濁水溪公社的Case中，任何出現在台上的東西都必須被點燃，或者被狠狠地摧毀。

板凳被砸個稀爛，匾額被拆成兩半，酒瓶變成碎掉的玻璃；舞台的另一頭，大龍炮劈里啪啦響個不停，不長眼的沖天炮亂射一通，搞得全場煙霧瀰漫。有個穿軍服的痴漢自己翻上台滾來滾去，找團員鬥毆，一夥人牛鬼蛇神般殺紅了眼，實在分不出那是套招的，還是他們真的幹起架了。

台下擠了數千個樂迷，向後延伸到高高的土坡上，見狀都激動到不行，撩撥的情緒再也克制不住，凡是能扔的東西全往台上扔，霎時礦泉水瓶漫天飛舞，其中還夾帶著雨傘和拖鞋，而跳上台亂入的觀眾也愈來愈多，又不斷被踢了下去，全場陷入瘋狂的狀態，舞台感覺隨時都會垮掉。

忽然「啪！」的一聲巨響，熄燈了，台上的人一哄而散，徒留一片狼藉。這場失控的慶典，猶如靈魂電擊的經驗，只持續了五分鐘。

我和J面面相覷：What The Fuck?

人生總是充滿了轉折，明年春天，濁水溪公社將重回墾丁展開另一場暴動，到時，我和毛主席會在台上拿著攝影機。

4. 樂團的時代

又是一個漫長的暑假，悶熱的暑氣籠罩著指南路兩旁的住宅區，外宿的學生各個滿頭大汗，性生活也跟著乏善可陳。校園內的公車已經停駛了，系館人去樓空，只剩游泳池裡塞滿參加暑期泳訓班的小朋友，在教練的指示下奮力划動著手臂。

公元二〇〇〇年的夏天，我們以大學生的身分享有的最後一個暑假。

廣電系的畢業學分有一個實習項目，系上規定，同學升大四前得尋覓一個和廣播或電視相關的單位去實習，期滿後由該單位的主管打成績。「從沒聽過有誰實習被當的！」期末家聚時，畢業在即的學長說得斬釘截鐵，這讓我比較放心。

大三一整年，我在唱片行打工的時間遠多過去學校上課的時間，要不是J在考前幫我整理好重點，好幾科的分數我都岌岌可危。她是那種凡事兢兢業業的人，高中時擔任吉他社的社長，推甄進入了廣電系，為了打發聯考前的日子到速食店打工，不小心竟然贏得台中區的櫃檯冠軍（獎品是一支刻著字的漢堡煎匙）。

實習這麼重要的事，她當然老早就規劃好了——要去什麼單位、在那裡可以學到什麼、學到的東西對以後的職涯有什麼幫助。我卻一直拖拖拉拉彷彿沒這回事，直到學期快過完了才大夢初醒般察覺事態緊迫。

我向MTV和Channel V各寄出一封文情並茂的信函，把該頻道的節目做了一次完整的剖析，還列出每個VJ的特點，只差沒在信末寫下「你是我高中生活的救星」這種肉麻的句子。結果前者遲遲沒理會我，幸好，後者要我去聊一聊（對方在回信中特別注明：這不是面試喔，我們只是聊一聊）。

週間的中午，上班族成群出來覓食，那是我第一次走進商業區的辦公大樓，挑高的中庭有八台電梯同時上上下下，身穿西服或套裝的男男女女從電梯裡走出來，脖子上統一掛著識別證，謹守著某種我很陌生的職場分際。

警衛把我攔住，問我是不是來送快遞的，我說我只是來聊一聊的，他半信半疑地幫我按開電梯。我搭到一個很高的樓層，被帶進一間很冷的會議室，透過玻璃帷幕可以眺望到市區雜亂的鐵皮屋頂。進來的過程中，我注意到在那工作的人都用洋名互相稱呼，什麼Mark、Carol之類的，一律是簡單好記的名字，不超過五個字母。

負責和我聊天的主管（或是主管的助理？）感覺很忙，一直在回覆簡訊，結束時才突然熱情起來，「同學，你對我們的節目好瞭解呢，有合適的空缺會儘快通知你喔！」接著就轉身消失了。櫃檯的祕書送了一袋紀念品給我，我在向下的電梯裡打開，裡面有頻道logo的原子筆、頻道logo的磁鐵和一張印有VJ合照的謝卡，我把那袋東西扔在警衛的桌上，我果然是來送快遞的。

學期終了前，大三的電視製作課在傳播學院的攝影棚展開賞析大會，由老師帶領各組同學互相觀摩、評論別組的作品。傳院的攝影棚總是冷颼颼的，外頭明明是盛夏，裡面的人卻穿著厚重的冬衣，蔚為一種傳院奇觀。

毛主席通常坐在我前排左邊的位置，最後一堂課也不例外，我傳了一張紙條給他：

——喂，你要去哪裡實習？

——水晶啊。

——水晶？

——水晶唱片。

——那……和廣電有關嗎？

——可以吧，至少我的導師同意了！

攝影棚的冷氣繼續強力放送，兩個游離分子的對話繼續往返：

——對了，順便問一下，你畢製找到組員沒？

——還沒耶，你呢？

實習與畢製，每個廣電系學生最看重的兩件事情，我們就在一張紙條上做好了決定。

七月中旬，我們和其他幾個實習生擠在一輛白色的廂型車裡，這是水晶唱片的業務平日送貨的車子，外觀頗為老舊了，車門拉開或闔上都會發出一連串吃力的聲響；車身漆了一個三色鳥的圖案，是水晶的標誌，一旁寫著「俗媚之外，還有水晶」。

今天在北海岸的福隆海水浴場，第一屆海洋音樂祭即將開跑，現場設有獨立廠牌大展，我們奉命去擺攤。大夥接到這項任務都挺興奮的，大概都想起小時候的園遊會吧，實習生們一早就約在辦公室集合，有人負責挑貨，有人填寫出貨單，有人臨時做了一個放錢的紙盒，再將一箱箱的ＣＤ一起搬到後車廂。

老邁的廂型車載滿了人與貨，一路在濱海公路上慢行，緩緩地接近貢寮鄉。

距離春天吶喊恰好過了一百天，過去幾個月，台灣社會的各個層面都被一股蓄積已久的能量劇烈翻動著，曾經牢不可破的結構開始鬆動了，洗牌成一種新的秩序。四月的金曲獎頒獎典禮，每個頒獎人都從平行時空裡掏來了一只信封，每當獲獎者被宣讀出來的那一刻，無論頒獎人本身、台下的入圍者，抑或電視機前的觀眾都發出了「哇！」的一聲驚呼。

最佳國語男演唱人——陳建年！擊敗的是張學友、王力宏、庾澄慶、陶喆

最佳國語女演唱人——楊乃文！擊敗的是張惠妹、莫文蔚、范曉萱、王菲

最佳作詞人——雷光夏！擊敗的是林夕、李宗盛、袁惟仁、張四十三
最佳作曲人——陳建年（又是他！）擊敗的是張震嶽、黃韻玲、王力宏、陶喆

新人獎則頒給了紀曉君，最佳方言男演唱人由豬頭皮獲獎；在非流行音樂類，交工樂隊與林生祥也大有斬獲。隔天，各家報紙的影劇版反應兩極，一派記者讚嘆道：評審團，你們真有種！另一派則反問：請告訴大眾，誰是陳建年？

這樣一份不可置信的名單，必須有個同樣精采的最佳演唱團體獎。前一年的入圍者仍是南方、錦繡、無印良品、動力火車那些「重唱組合」，這屆整個煥然一新，入選的是亂彈、四分衛、脫拉庫、五月天，全是新興的搖滾勁旅。

「樂團的時代來臨了！」得獎者亂彈在台上振臂高呼，那氣勢懾人，就像叛軍終於收復久違的故土——是啊，樂團的時代來臨了，那是什麼時代過去了呢？

九〇年代有一群默默付出的先行者，他們在拮据的條件下辛勤耕耘，灑下搖滾的種子，這裡一張《玩團最屌》合輯，那裡一張《赤聲搖滾》合輯，每年的春天吶喊和野台開唱也慢慢凝聚起共識；世紀末，再由交工樂隊的美濃反水庫運動、五月天和四分衛的「新五四音樂運動」補上臨門一腳，在台灣向來被視為邊緣的，隸屬於次文化的搖滾樂，搖身一變成了新時代的主流。

唱片公司不再退避三舍，積極挖掘有潛力的地下樂團簽約，相關的新聞也大舉攻占媒體版面，今日頭條：董事長樂團新專輯《你袂了解》躋身排行榜暢銷片！明日快

報：閃靈到日本富士音樂祭演出，站上國際舞台！

新的文化景觀，迎來新的政治信仰。五月二十日，政黨輪替後首次總統就職大典，島上的公民們滿懷期待，目送下一任領導人走入總統府。他出身貧寒，來自農家，許諾會粉碎舊有的教條，讓人民真正作主，他以耳目一新的語言，擘畫了一個希望無窮的願景。

巴布狄倫曾在他的名曲〈Ballad Of A Thin Man〉這麼唱著：

Something is happening here
But you don't know what it is

時代正在改變，轉型正在發生，但是推翻舊教條的革命者，後來又定下新的教義，而且更加難以撼動，這點注定是始料未及。

始料未及的也包括海洋音樂祭的壅塞程度，由於是台北縣政府主辦的活動，民眾可以免費入場，火車運來一批一批打扮清涼的年輕人，他們走出小鎮的車站，背包裡準備了野餐墊與防曬油；愛玩的老外從台北開著吉普車過來，冰桶內裝滿酷涼的啤酒。

一進到會場，就有警察在指揮交通，有記者在SNG車前做著即時報導，有地方的老嫗駝著背向善男信女兜售香噴噴的鐵路便當，也有單純來玩水的家庭，一時還搞不清楚狀況，小孩的肚子上套著游泳圈，抓緊爸媽的手在人流裡漂浮。

在這大雜燴般宛如嘉年華的現場，台灣未來的音樂祭藍圖被描繪出來，通常是官方出資、民間承辦，訴求大規模，強調多樣性，音樂祭漸漸成了一門生意，也是各方角力的場域。

我們從停車場把CD搬到攤位上，唱片大展規劃在內灘，參展的廠牌還有角頭、風潮、阿帕、佛銳、大大樹。水晶的攤位正對著小舞台，布農族的歌手王宏恩正在台上演出，攤位後方則是一塊露營區，持續飄來烤肉混著小米酒的味道。無處不在的志工媽媽逢人便宣導暑期別吸毒的觀念，警察三步一崗、五步一哨，提醒你這是一個有當局介入的活動，別亂來。

大會另外設置了一處兌換中心，凡是從家裡帶來五張流行偶像的CD，可換取一張獨立廠牌的專輯，換句話說，音樂在這裡是不等價的。

我們努力叫賣了半天，業績還算可以，趙一豪的《把我自己掏出來》、陳明章的《戀戀風塵》、瓢蟲的《讓太空人跳舞》、濁水溪公社的《牛年春天吶喊》實況都有識貨的人帶走，連1976的T恤也賣掉了幾件。大夥趁太陽入海前收攤，走過長長的行人天橋，來到流光溢彩的外灘。

日落前最後一波熱浪襲來，水氣在海邊翻騰，夾帶著各種體味與香氣；幾艘巡遊的小艇駛過沙洲，船上的乘客都踮起了腳，瞭望壯觀的大舞台。第一屆海洋音樂祭的主題是土洋樂團大對抗，本土樂團MC HotDog、脫拉庫、糯米糰、夾子電動大樂隊，這陣容一字排開，絲毫不輸給洋槍洋炮。

不過仍有意外的插曲，當MC HotDog饒舌出一句句「幹你老師！」和其他嗆辣的字眼，不少家長立刻摀住孩子的耳朵，驚慌地逃離這尷尬的現場。相較之下，脫拉庫老少咸宜多了，主唱一臉頑皮，率領群眾高唱〈我愛夏天〉：

每到夏天我要去海邊～～去海邊！
海邊有個漂亮高雄妹～～高雄妹！

伴著快意的樂聲，衝浪客在海上乘風破浪，樂迷盡情玩著舞台跳水（台語稱作「釘孤枝」），工作人員則不停向人群灑水，確保縣長講話的時候不會有人中暑。那光頭縣長做了一身俏皮的裝扮，用沙啞的聲音疾呼：「台北縣政府十分關心我們的青少年，要讓大家在暑假期間有一個正當的休閒去處，這個活動要一直辦下去！」

是呀，這個活動當然要一直辦下去，能讓這麼多青少年赤腳踩在沙灘上，吹著海風聽音樂，是多麼令大人放心，多麼心曠神怡的休閒場面。

從此每到夏天，一代代人聚集在盛大的海洋祭典中，因為自己尚無法明白的原因被洗禮了。年復一年，在碧海之旁、藍天底下，他們的足跡在夕陽下閃著金光，雖然掛滿了貢寮鄉的白布條說的又是另一種故事：堅決反對核四！別讓沙灘消失！

散場時外灘施放起高空煙火，賦歸的遊客也在天橋上燃起仙女棒，火花迎風飛揚。老外們依依不捨，不解為何沙灘立即被警察淨空了，他們圍在堤防邊打鼓，繼續自找樂子。志工媽媽到處撿著垃圾，縣府的員工在入口處點名，等著搭上回程的公務車；情侶們該吵的架也都吵完了，準備在上火車前和好。

低垂的夜幕中，水晶的廂型車駛離了貢寮鄉，海岸線在後照鏡上捲動著，黑藍色的世界在隧道裡消音。這一路上，毛主席都很安靜，他的表情像在神遊，思索著什麼深奧的道理。我們在午夜時分返回市區，把剩餘的CD搬上樓，說了聲明天見，各自騎車回家。

臨走前，毛主席醒來似地，終於開口了，他說剛才在海邊抽下了人生第一支大麻。我問他，那是什麼感覺？

5. 俗媚之外，還有水晶

水晶唱片的辦公室藏身在重慶南路旁的巷子裡，位置緊鄰著南海路，地圖上指出，植物園和建國中學也在那一帶，再往西走就是萬華了。七月初的第一天上班日，我特地起了個大早，從木柵騎過去可是好長的一段路。

地圖上還指出，牯嶺街小劇場、歷史博物館和郵政博物館都在水晶的周遭，彼此都是步行可達的距離，而這些人文薈萃的地標中，我最有印象的要算是植物園，倒不是曾經去過，是在一部叫《飛俠阿達》的電影裡見過幾眼。

記得是一九九四年秋天的事，高一剛開學，國中的死黨約我去看電影。我和他並未考進同一所高中，不過直到我北上之前，他一直是我在校外最好的盟友，時常帶我去看冷門的藝術片。幾乎無一例外，放映廳內總是清清冷冷，平添一股祕密結社的氣味，也預告著電影就快下檔的命運。

那家戲院位在東帝士百貨的頂樓，旁邊蓋了一座冰宮，是學生聯誼的勝地。長大後回想起來，東帝士真是個詭異的地方，負責設計的建築師大概是在喝醉時畫下了草圖，整棟百貨公司蓋得像座迷宮，中間挖開一個巨大的天井，每層樓的角落都有隱密的暗處，彷彿在引誘青少年幹下什麼不法的勾當。

劇中有一位操外省口音的耆老，坐在植物園的荷花池畔，一邊泡著茶，一邊向後生晚輩講述紅蓮會、輕功等等的都市傳說。晚輩們屏氣凝神，聽得一愣一愣，大銀幕前的我們同樣聽得一愣一愣——江湖、武功、深藏不露的高手，好迷人的故事啊。

沒想到，多年以後電影的情節和我的實習生涯竟然會有微妙的呼應，就在植物園附近，大隱於市的水晶辦公室裡，也住了一個阿達，他是水晶唱片的創始人任將達，廣受音樂圈的尊敬，一九九八年的金曲獎便頒給他一座終生成就獎，表揚他保存及推廣本土音樂的努力，當年，阿達不過四十出頭歲。

同一屆的典禮上，有另外一幕也讓人動容，那是整晚的最後一個獎項了——最佳流行音樂演唱專輯獎，即年度最大獎，主辦單位邀來兩位高人氣的港星擔任頒獎人。

「得獎的是……」劉德華將手中的信封微微舉高，營造出懸疑的氣氛，一陣急促的鼓聲響起，劉嘉玲接過信封，唸出印在上面的文字：「豐華唱片股份有限公司，口是心非！」現場頓時歡聲雷動，可是那份喜悅的背面，卻藏有遺憾與嘆息，《口是心非》是張雨生的遺作。

年邁的張爸爸在旁人的攙扶下一步一步走上舞台，面對全場起立鼓掌的觀眾，他說：「今天很抱歉，因為張雨生不能來了，我這個老爸代替他來領這個獎。」我坐在男舍的交誼廳，看得熱淚盈眶。

唱片工業造星的過程，不免會有鮮豔的包裝，以及形象的塑造，然而褪去那些風光的表象，是像這樣的時刻，讓我們真正確認了音樂賦予生命的重量。

若以唱片工業的標準，水晶這家廠牌顯得太離群了，它和主流娛樂圈幾乎沒有半點交集，十多年來，堅守著創業時的理念，借用Vibe搖滾俱樂部的那句標語：「搖滾精神傳承，地下文化交流。」

說到底，也就是精神二字。

我們報到的上午，阿達已經在辦公室等候了，他的皮膚黝黑，頭髮理得很短，穿著短褲與涼鞋，露出一雙結實的小腿（後來才知道，足球是他熱衷的運動），不說，可能會被新來的訪客誤認成這裡的工友。像他這樣資歷顯赫的大老，在新人面前毫無「業界人士」的派頭，先與我們閒話家常，再逐一引介正職的員工，然後像導遊一般帶著大家熟悉環境。

辦公室分為上下兩層，三樓是網路與編輯部門，時值達康風潮的高點，任何產業都得跟著「.com」一下，編輯們正著手將原先的電子報業務擴展成線上新聞網，此外他們的另一項工作是籌備《搖滾客》雜誌的復刊事宜，再過兩個月，這本一九八〇年代的經典刊物就要復刊了，一切如火如荼地進行中。

二樓是唱片發行部門兼倉庫，不對，應該說是倉庫兼唱片發行部門，從陽台到隔間都堆滿龐大的庫存：一桶一桶的CD、東一疊西一疊的海報與歌詞本，還有海量的透明塑膠殼，室內懸浮著一股油墨的味道。阿達笑稱，他不時會接到樓下早餐店的抗議，說一樓的天花板因此逐漸彎曲。

置身在那個空間裡，我清楚地感受到一種價值，不單是書架上一座座獎座代表的榮耀，更是林林總總的發行品積累出的厚度：潘麗麗的《畫眉》、Double X的《白痴的謊言》、向作家楊逵致敬的《鵝媽媽出嫁》、記錄草根音樂的《來自台灣底層的聲音》、侯孝賢電影《戲夢人生》的原聲帶，以及許許多多我從未聽聞的作品。

我彷彿進到一座寶庫裡了，這是阿達帶我們巡禮完畢後我冒出的第一個念頭，至於無法到音樂頻道實習的遺憾，此時顯得無足輕重了。

阿達有一個傳奇的身世，他的父親是韓國人、母親是日本人，和台灣並無血緣關係，然而水晶涵蓋的音樂風格卻各異其趣，有溫婉的女性歌謠、狂放的龐克搖滾、典雅的文學專輯，也有民間的田野採集，全部匯集起來，就是一段珍貴的台灣有聲史，究竟是怎樣的動力，會驅策一個移民子弟替這座海島留存了如此多樣的聲音？

那天下班我騎回木柵時反覆想著這個問題，導致壓根忘了去植物園親眼瞧瞧那座荷花池了。

隔天起，阿達一個環節一個環節耐心地和我們解說一張專輯如何從無到有：詞曲創作→編曲錄音→美術設計→印刷生產→通路鋪貨→行銷宣傳。

短短一個夏天，我們能參與的是比較後端的事項，眾人便挽起袖子從基層幹起，每天以家庭手工業的方式，替不同的CD碟片搭配相對應的歌詞本、側標，然後裝進空殼、上收縮膜，成為一張能夠正式上架的專輯，那即是音樂最終的形式，一個有價的商品。

其他實習生都是輔大廣告系的，同為生產線上的一員，大夥很快培養出革命情感，午休時會一起出去吃碗牛肉麵，收工後也會相約去看場表演。其實，選擇來水晶實習，這件事本身就不太尋常，物以類聚，也許我們只是在找一處可以互相認識的地方。

不尋常的還有在這裡進進出出的各色人等，無論正職員工、兼差的工讀生，或者來開會的各領域工作者，身上都有一種低調的，卻難以忽視的氣場。我初次見到沈可尚導演、平面設計師王志弘，就是在水晶那張圓形的會議桌旁邊，那時的他們都很年輕。

正職員工大約五六個人，各個十項全能，具備獨立作業的本領，暑假期間還多出一項任務，得照顧我們這群菜鳥。工作時他們會播放一些國外的緩飆、後搖滾樂團，譬如18th Dye、Bedhead、Tortoise，這在絕大多數的辦公室是不可能聽見的音樂，我會默默記下團名，回家再用Napster搜尋看看。

每天下午當CD組裝告一段落，實習生會輪流外出送貨，帶路的是一個台大的工讀生，他說話的聲音低低的，平時也搞劇場配樂，是酷人一個。他會將需要補貨的一兩箱唱片疊在摩托車的踏板上，我們坐在後座，一次巡查十多家唱片行——淘兒、宇宙城、合友、佳佳、小白兔、2.31、T-Wave，以及台大對面的誠品音樂館。

常常兜風回來，會赫然遇見來水晶串門子的搖滾客，可能是送剛錄好的母帶過來，可能是來談新專輯的企劃案，也可能只是來找阿達抬槓。他們總是一身黑衣黑褲，要到午後才會出沒，流氓阿德、瓢蟲的鼓手、骨肉皮的吉他手，或許在市井間不是那麼知名，我們的眼中都是大明星。

每一天我最喜歡的時光是下班前的黃昏，該忙的事差不多都忙完了，阿達會沖幾杯咖啡，我們自告奮勇幫他磨豆子，接著他會放起一張好聽的唱片，和來訪的樂手聊著那些我們聽來熱血莫名的話題。有時我會從檔案櫃裡抽出一本舊舊的《搖滾客》雜誌，小心地翻讀，重新瞭解過去那段歷史。

《搖滾客》最初是在一九八七年創刊，那年台灣解嚴，出版法才剛鬆綁，水晶藉由這本刊物開始引薦歐美的另類音樂，在資訊匱乏的時代，被愛樂者奉為精神食糧。同一年，水晶也開辦「台北新音樂節」，驅動搖滾樂在島上的發展，歷屆的參演人包括薛岳、紅十字樂團、黑名單工作室，都非等閒之輩。

音樂節一共辦了四屆，雜誌也跟著停刊，如今泛黃顯舊了，不過一頁一頁翻著，依然會肅然起敬，它所傳播的音樂思潮曾經深深衝擊當時的知識分子，他們剛走出噤聲的年代，耳朵是如此渴求奇聲與異音。

沉潛了十年，《搖滾客》終於在圈內的殷切期盼下重返江湖。國曆九月九日，復出大會開在徐州路的舊市長官邸，阿達豪氣干雲地宣布，《搖滾客》預計以雙月刊的形式復刊十二期，每一期的主題都已規劃妥當，而且隨書會附贈有聲資料。

我和毛主席雖然從水晶修業完畢了，這樣的良辰吉日自是沒有錯過的道理，我在接待處拿起那本厚實的雜誌，首期的專題是「台灣獨立音樂版圖擊敗主流唱片工業巨人&被操不如自己幹，新世代DIY唱片創業指南」，一口氣附上兩片CD，收錄了二十多家獨立廠牌的作品，紙殼上印著：NOT FOR SALE BUT FOR FRIENDS

雜誌裡則刊登了好多篇頗具學術內涵的專文：

〈關於地下音樂與納粹的曖昧波瀾〉

〈九寸釘與瑪麗蓮曼森的反社會意識形態分析〉

〈虛擬美學與勞動音樂的對立——再談後搖滾的美學根基〉

光是看到這些標題，普羅讀者大概就心生畏懼了吧？明知潛在市場有限，閱讀的人口不會太多，《搖滾客》依舊野心勃勃，念茲在茲替所處的時代留下一些紀錄。這種態度自然召來各路豪傑共襄盛舉，舊官邸的日式房舍格局，又特別適合眾人悠遊與穿梭。

這廂，是何穎怡的音樂講座，那廂，馬世芳在兜售他的進口搖滾書，相隔一扇木門，展示著劉開替水晶設計過的海報，而庭院旁的榻榻米上，林強正播送著靈動的電子樂，他已告別了春風少年兄，現在是一名專業的DJ。

連伍佰都來了！他戴著招牌墨鏡，穿了一件軍綠色風衣，瀟灑的樣子就和電視上一模一樣。九〇年代初期，他仍穿著土土的花襯衫叫吳俊霖的時候，便是從水晶發跡的，後來才跳槽到魔岩，因為《浪人情歌》成了搖滾天王，水晶對他始終有知遇之恩。其實對今日在場的每一位搖滾客，水晶各有不同的意義。

聚會尾聲阿達被拱上舞台，和骨肉皮合唱了一首〈重回往日時光〉，隨後舞台清空，留他獨自一人，在老友的鼓譟下，他重新拾起麥克風，清唱起家鄉的歌謠〈阿里郎〉，那旋律帶著幾分感傷，他深沉的歌聲中，我聽到的是一份執著。

曲終人散，相關人員都撤離了，我和毛主席退到屋外的紅磚道上，他把香菸點燃，悶不吭聲抽了起來，我望著對街的台大校舍，整條徐州路無聲無息。我們的暑假在今天正式結束了，此刻是風雨前的寧靜，我們心照不宣。

6. 尋團啟事

我是在大二那年認識了毛主席，他戴著一副橢圓框的金屬眼鏡，頭髮綁成一串馬尾，在同學間的辨識度很高。聽人說，他高中是班聯會的主席，推甄進入大學，是貨真價實的拒絕聯考的小子；我也注意到，他有幾件Sonic Youth的樂團T恤，平時會交替著穿，每一件的圖案都挺酷的。

發現班級裡有這種人（這傢伙，頭髮竟然比我還長！），讓我頗為驚喜，我是初來乍到的轉系生，如果有一名興趣相近的同好，課堂分組時比較不會落單。雖然依我觀察，他的話不多，下課後有些獨來獨往，但無所謂，因為我也是。

能如願進入廣電系，過程充滿了變數，只要一步沒走對，或是少了一點堅持，結果就會不同。其中也許不乏運氣的成分，然而運氣往往是命運的斥候，它隱約向你揭示出一個更遠大的可能，有些事，冥冥中自有注定。

國中時我對物理化學就很沒轍，天底下沒有比背元素週期表更讓人頭痛的事了，牛頓各大運動定律也讓我的腦袋打成死結；我明白，此路不通，我不是這一國的。升高二前我和爸媽說自己想讀文組，他們完全無法接受，原來，兩人希望我讀理工，覺得醫生、工程師的出路較好。那樣的風氣在南部是很普遍的，尤其我們這種男生學校，一個年級二十個班，文組只占四班。

雙方各執己見、互不相讓，一場家庭革命是無法避免了，情勢最僵時我用力把門一甩，把自己關在房裡，憤怒的Nirvana歌曲放得震天價響。這件事攸關到我的未來，我知道爸媽的出發點是一片善意，我卻渴望替自己的人生做出選擇的權利。

遞交選組單前，爸媽退了一步，問我：「好，那你要讀什麼？」我將大學系所名冊拿在手裡，逐一檢視——文、法、商各因不同原因被我劃掉了，只剩大眾傳播。

既然我愛看音樂頻道，從小又愛收聽廣播，廣電系似乎不錯！加上爸爸是政大的校友，有一份情感因素，爸媽最終和我達成協議：「你有本事考得上，就去讀吧！我們還是支持你。」雖然我自己也清楚，以當時淒慘的成績表現，除非有奇蹟發生，政大廣電的分數我實在高攀不起。

不過，你也聽過那句話的：If you never try, you'll never know。

高三我發憤圖強，吉他也不彈了，籃球也少打了，終日與參考書為伍，放榜後的分數恰可低空飛入政大，經過家庭會議討論，我先選填其他科系，再試著申請轉系。大一下學期我順利通過轉系考的筆試，那筆試只考國英兩科，都是長篇作文的申論題，國文的題目是「近年，非常DJ黎明柔掀起了一股旋風，也製造出不少爭議，試論你的看法」，我心想，你們可問對人了！

口試安排在半個月後，我和其他候選者——我未來可能的同學們，坐在一間小教室門外，大家只是偷偷地打量彼此，不敢多做交談；我懷裡抱著一袋準備好的資料，包括在台南一個地方電台主持音樂節目的錄音存檔。教室內坐了三位教授，都一派和顏悅色，年紀最大的那位教授問我：「請你說一說，為何想來廣電系？」

這當然是必考題，我演練過很多次了，但是他的眼神似乎是在暗示我，甚至有一點在鼓勵我，沒關係，你就誠實說出心裡的想法吧！我想了想，看著他說：「我想做自己喜歡的事情。」

大約一星期後，有個下午寢室的內線電話突然響了，室友們都不在，我從上鋪翻下床，接起了電話，那頭是廣電系的助教，通知我錄取了，她笑著說：「你是唯一的男生喔！」掛上話筒，我一陣手忙腳亂找到電話簿，連拖鞋都沒穿就衝到了玄關，媽媽這時應該在上課，我在公用電話按下爸爸公司的號碼，他連著向我說了好幾次恭喜，用一種好高興的語調。

我突然想做一些無關緊要的事，回到寢室拿髒衣服去洗，洗衣機轉動時，有一個神祕而未知的前景同時在我眼前旋轉著，直到晾完衣服，我才發現壓根忘了加洗衣粉了。從此，我擁有兩批大學同學，兩段大學回憶，兩者我一樣珍惜。

廣電系採小班教學制，一屆只收三十幾個學生，班上的競爭頗為激烈，有人大一就積極招兵買馬，物色畢製夥伴了。毛主席和我都是動作比較慢的人，等我們開始尋找指導老師，合適的人選都被別組挑走了，幸好仍有一位女教授願意收留我們，她治學嚴謹，行事風格一板一眼，坦白說，文化品味和我們差異甚遠。

「來，你們畢製想做什麼？」第一次Meeting時，老師開宗明義地問道，用她一口字正腔圓的國語。

「樂團的紀錄片。」

「你們的動機是什麼？」

學術的殿堂裡，好像凡事都得給個動機才行，光用「僅憑直覺」是不夠的。我們描述了各自的狀況，因為都熱愛音樂，也都玩過樂團，自然會想拍一部和樂團有關的紀錄片。黑澤明不是說過的嗎？創作是從記憶中產出的，不可能憑空而生，一定是根據某種親身經歷得來。

「好，你們想拍怎樣的樂團？」

「搖滾樂團。」

「你們有拍攝對象了嗎？打算去哪裡找？」老師用一種擔心的眼神看著我們。

這下可被問倒了，因為，我們也不知道啊，或者說，尚未討論到那裡去。當天回家我速速擬了一份徵求樂團的草稿：

紀錄片徵樂團

我們是政大廣電系的學生，準備拍攝有關台灣樂團的紀錄片，預計在未來半年內

進行拍攝工作，目前正在尋找拍攝的對象，徵求有意願的樂團和我們一起合作，條件如下：

1 獨立創作

2 在台北

如有意願，請將團名、編制、成團時間、曲風、團員基本資料（年齡、就讀學校）

E-mail至：pulp@ms7.tisnet.net.tw

或直接電洽

我用家裡的印表機列印出來，左看右看覺得少了什麼，決定在空白處畫上一個大大的和平標誌，一旁寫著PEACE!

我先寄給毛主席過目，再到巷口的影印行請老闆複印在白色的A4紙上，那份傳單毫無設計感可言，是不折不扣的學生製作規格。我們兵分二路，以亂槍打鳥的方式發送到每一處會被「目標受眾」看到的地點，除了唱片行、Live House、練團室這三大區塊，諸如女書店、唐山書店、台灣的店，或是Spin、Roxy 99等搖滾酒吧都沒有放過。

虛擬世界當然也得顧及，那正是電子布告欄百家爭鳴的年代，遼闊的網路空間林立著各種山頭，各有各的屬性與特色：另翼岸譜、山抹微雲、風之國度、五四三音樂站、連線搖滾板，有些是樂手的集散地，有些是樂迷的取暖處，有些是吃飽沒事幹的人打一場無聊又痛快的筆戰的好去處。

關掉數據機準備下線前，我忽然想起每週《破報》的最後幾頁都有提供尋人服務，什麼導演徵演員啦、樂團徵主唱啦、攝影師徵模特兒啦、寂寞芳心徵電聊伴侶啦，簡直無奇不有。我寄了一封信給編輯部，祈禱來函照登。

時間是九月中，我們能做的幾乎都做了，兩人信心滿滿，等著樂團上鉤。

一個月很快過去了，釋放出的訊息卻彷彿石沉大海，照理說，樂團創作的風氣已經盛行好幾年了，符合拍攝條件的對象應該不少才對。也許網路上的貼文被淹沒了，店頭的傳單被移除了，但也有可能，兩個沒沒無聞的大四生，別人對你興趣缺缺。

遲遲得不到回音，我們開始焦慮起來，懷疑這條路究竟行不行得通。每星期的畢製課變得如坐針氈，Meeting的時間愈來愈短，老師的眉頭也愈縮愈緊，眼看學期已過了三分之一，她給我們下了最後通牒：「我想，兩位可以著手研究Plan B了。」

走出教師辦公室，毛主席靠著新聞館前的欄杆，悶悶地抽菸，我在門口來回踱步，咀嚼我的不甘心。我們確實討論過一個備案，逼不得已，兩人乾脆重操舊業，由我擔任主唱兼吉他手，他擔任貝斯手，鼓手則找搖滾社的學長來幫忙，就這樣，一部指南山下的樂海浮沉錄，有沒有看頭？

這肯定是下下之策了，大傳系的學生都曉得，拍片守則第一條，就是避免將攝影機對向自己，尤其如果你是日子過得渾渾噩噩的大學生，美其名以意識流的手法探索內心世界，實則內容空洞、無病呻吟。待作品完成後，就在畢展放映了那麼一次，連自己都看不太懂，往後只能跟別人說，我當年可是拍了一支「實驗電影」啊！

這不是我們想要的結果，但事到如今，自己的樂團自己拍，恐怕是唯一的選擇了。我們在新聞館前做出決議，再等十天就好，如果拍攝對象依然沒有著落，我倆便將塵封的樂器重新拿出來，踏上前途未卜的自拍之旅。

幾天後的晚上，我一個人到西門町重看《成名在望》，我太愛這部電影了，非要趁下檔前再去溫習一次。主角是個未成年的音樂記者，他奉《滾石雜誌》之命和一個搖滾樂團巡迴上路，做第一手的紀實報導，當旅程結束，他的生命也產生了質變。

這樣的故事完全打動了我，誰不希望一生中能有一段類似的經歷呢？流浪的公路、喧騰的搖滾樂、男兒的友誼，還有好多漂亮的女生。

我一邊哼著劇中那首〈Tiny Dancer〉，一邊走到峨眉停車場發動摩托車，騎到辛亥隧道前，口袋裡的手機忽然響了，我在路邊臨停，一看是個不認識的電話號碼。我平時很少會接到身分不明的來電，而保險公司也不會在這種時候還打來騷擾吧？我心一凜，莫非這是？

接起電話，對方是個女生，聲音聽起來年紀和我們差不多。

「請問，你們有在《破報》刊登尋團啟事嗎？」

「有的！那是我們沒錯。」

「你們的紀錄片開拍了嗎？」

「還沒，一直還沒找到樂團，請問妳是？」

「喔，我是樂團的朋友，幫他們打來問問看，請問，你聽過濁水溪公社這個樂團嗎？」

流動的時間在那一刻靜止了，整個世界在我周圍凝結下來，我可以透過一種抽離的視角看見自己杵在隧道前，一動也不動。半晌後我回魂過來，女生說主唱想和我們聊聊，我記下他的手機號碼，用最快的速度飆回公寓，拿起市話撥到毛主席他家。

「喂！你猜怎樣，剛剛有樂團打來了！」

1976？甜梅號？骨肉皮？瓢蟲？他把水晶旗下的樂團全部猜了一輪。

「統統都不對！你就猜個最不可能的！」

「該不會……該不會是濁水溪公社吧？」

我們在電話線兩端大笑了好久好久，一時說不出話了，是小時候那種純粹的笑，當下就只有快樂，再無其他的了。

倘若我倆第一次開畢製會議時搖滾上帝從天而降，祂說：「來，你們最想拍哪一個樂團？我來幫你們達成願望。」我們會異口同聲道：「濁水溪公社！」因為那夥人實在太獨樹一格，太具衝突性了，台灣的音樂史上沒有前例可循，正是每個紀錄片導演求之不得的主題，當然，我們也都是他們的粉絲。

高二那年我在台南的一家小唱片行買下「台灣地下音樂檔案」系列的《肛門樂慾期作品集》，我是被側標上這段誘人的文字所吸引：

超乎想像的、歇斯底里的、不可思議的濁水溪公社

整段文案絲毫沒有關於樂團的介紹，或是曲風的描繪，可愈是這樣，愈能勾起青少年那源源不絕的好奇心。

濁水溪公社最初籌組的目的只是為了上台發洩、搞點破壞，動機是很原始的。他們總是將態度放在技術之前，彈奏的技巧粗糙，錄音的品質也很抱歉，對他們來說，音樂本身並不是重點，重點反而是音樂傳達出的「訊息」，包括濃烈的本土意識、對社會現狀的批判，以及對底層農工的關懷。

他們敢怒又敢言，解嚴後的街頭運動無役不與：野百合學運、終結萬年國會、反軍人干政、反核。每一場戰役中他們一手奏著土製的龐克樂，一手揮舞反抗的旗幟，站在第一線衝撞保守的勢力。

那些不修邊幅的歌曲就像一枚枚思想的炸彈，丟到舞台上爆破威力十足，總是荒腔走板的演出漸漸成了他們的一種特色，過程充斥著感官暴力與各種低俗的趣味，刺激著主流社會那條敏感的神經，不斷挑戰衛道人士的底線。

「不過是一群不學無術的壞痞子！」他們很容易招惹來這種評價，妙的是，草莽的面貌下，濁水溪公社是一群台大的菁英，聰明如他們，音樂不小心愈玩愈好了，走過志在惡搞的草創期，第二張專輯《台客的復仇》技驚四座，無論概念與內涵都替台客搖滾開創了新的紀元。

二〇〇〇年野台開唱最後一天，最終的團序是：四分衛、五月天、脫拉庫、閃靈、濁水溪公社。三個月後，在我們萬念俱灰時，那個壓軸樂團竟然自己找上門了，你說，生命這件事是不是充滿了驚奇？

樂團的主唱綽號叫小柯，打給他之前，我好好做了一番心理建設，畢竟等等要交手的可是台上那個凶神惡煞，沒料到，他說話相當客氣，聽起來就像個讀書人，他說那天打來的是他女朋友，接著問了一些我們拍攝的想法，最後決定當面談一談。

「師大附近的地社你們知道嗎？地下社會。」

「知道！我們常去。」

十月二十九日，那天是禮拜天，晚上八點，我和毛主席並肩站在地下社會的入口，腳下是那座通向地下室的黑色樓梯，兩人的心怦怦地跳，同時深呼吸了一口氣，一起走了下去。昏暗的空間裡，隱約有個人影坐在角落的方桌旁邊，是整間酒吧唯一的客人。

難道，搖滾樂手都這麼準時的嗎？

我們走近一看，是小柯沒錯！他穿著格子襯衫和牛仔褲，坐在那張Joy Division海報的下方，親切地和我們打招呼，和春天吶喊的那個暴徒簡直判若兩人。我們點了啤酒，他要了一杯維也納咖啡（我暗驚，台客教主不是該喝個台啤之類的嗎？），三個人天南地北聊了起來。

幾杯啤酒下肚，我們鼓起勇氣探問了幾項樂團的傳奇事蹟，那些匪夷所思的事，在他講來一派雲淡風輕。其中一樣是，他因敗壞校譽被台大退學，後來又考了回去，目前仍在法律系讀書，和我們同樣是明年畢業。

禮拜天晚上，酒吧的生意清清淡淡，一直不見其他客人下來，這裡彷彿成了我們的祕密基地。三人聊了良久，我看著身旁的他，一方面覺得超現實，一方面卻覺得熟悉無比，就好像一見如故，我們確實藉由音樂認識他很久了。

回到明亮的地上世界，小柯向我們揮了揮手，騎著他的50cc摩托車走了。那輛摩托車、地社樓上賣蚵仔煎的小吃店，還有師大周遭的巷弄，往後都會出現在我們的紀錄片裡；而再過六十三天，我們會和濁水溪公社重返地下社會，在〈卡通手槍〉的旋律中，送走我們相遇的二十世紀。

7. 最後一個夏天

畢展的日期選定在五月底，我們這屆是第十屆，同學在班會上腦力激盪，想出了幾個有意思的雙關語，要當作畢展的標題，最後脫穎而出的是「逾十不候」，它同時肩負著提醒的用意：各組的進度記得掌握好，逾時不候！

這屆的影像組全是大陣仗的 Big Production（還有一組出外景到日本去了），只有我和毛主席是人手緊繃的雙人組，我們的進度總是遙遙地落後。那場鬧哄哄的班會上，有人提議將我們的片子選為開幕片，因為拍攝的主角頗具「全國知名度」，也許能收到聚眾的效果。

開幕片？我和毛主席對看了一眼，表情都很複雜，那聽起來當然很拉風，卻也意味著，我們能用來後製的時間比別組的同學少了一兩天。

那時有部大受歡迎的飛車追逐電影《終極殺陣》，劇中有一幕挖苦韓國的計程車司機為了賺更多的錢，一人開車時另一人就躲在後車廂睡覺，等睡飽了再換手，如果把那輛計程車換成是我的房間，我們的情形也相去不遠了。

進入最後衝刺的魔鬼週，我的房間成了不停機的後製中心，我剪片時，毛主席就打地鋪睡覺，輪到他上工，換我累倒在床上，那台從光華商場拼裝來的電腦陪著我倆日夜操勞，機身燙得可以煎蛋，後來我乾脆拉一台電風扇專門對著它吹。

這樣拚死拚活，直到放映前一個鐘頭整部片才從硬碟完整地拷貝到播映的磁帶上，中途倘若出了半點差錯，後果實在不堪設想。雖然跟拍濁水溪公社半年來，遭遇各種突發狀況我們已經訓練得很淡定了，總能不慌不亂地緊緊抓住攝影機，畢展前這驚險的轉檔過程，依舊嚇出我們一身冷汗。

《破報》把這場映演選為「當週重點活動」：

Highlights

爛頭殼——台灣第一部樂團紀錄片

幹譙之外，表演以外。從總統府跨年到蛇年春天吶喊，從師大夜市到六合夜市。低階精神鬥爭的具體生活實踐，圍繞著各種不同形式的緊張度而產生喜樂悲苦奔放。跨濁水溪世紀，公社紀實。

五月二十五日 6:50-8:50pm（免費，請於6:40左右入場）

地點：政治大學傳播學院劇場

注意事項：勿攜螢光棒 可攜沖天炮

影片簡介裡的其中幾句是取自濁水溪公社發表過的一篇宣言，實際的意思我們也不大清楚，但不清不楚的東西總是比較酷的。

首映的消息見報後，我和毛主席的手機一下子忙碌起來，不時會接到陌生人的來電，「你好，我是外地人，借問一下，貴校怎麼去啊？」還有好事者與匆匆地問道：「請問，真的可以帶沖天炮嗎？」

當天晚上，傳院劇場擠滿了看好戲與湊熱鬧的人，有外系的學生，也有一票校外吆喝來的死忠樂迷，班上的同學也各就各位——接待組的、攝影組的、器材組的，無不早早就戰鬥位置。每個人都戰戰兢兢，眼裡又綻放出一種光芒，大學四年所受的訓練，就是為了應付眼前這場硬仗。

樂團的成員也都來了，小柯還帶著最初和我們聯繫的女朋友，唯一缺席的是吉他手左派，他是濁水溪公社創團時的團長，也是另一個被台大退學又重考回去的奇人。我們拍攝到中期，其實已經隱約察覺他的意興闌珊，有時練團會遲到，一些重要的場合也會無故失蹤，沒來參加首映我們雖然覺得很可惜，卻早有心理準備，比較意外的是，指導老師也藉故缺席了。

是她不認可我們的作品嗎？感覺那有損她的學術形象嗎？我們無從知曉，可以確定的是，這讓我倆成了畢展場上的孤兒，好像無人認領的孩子。經由總召四處奔走，請來一位作風開明的女教授暫代她的角色，映後座談時，她顯然比指導老師更懂得我們這部片，更知道片中那群「異類」值得被記錄下來的理由。

往後的日子裡，我更專注於搜索身邊的同路人，尋找那種心領神會的默契。或許指導老師依然教會了我們一件事情，道不同，則不相為謀。

畢展落幕的那晚，全班人在傳院大樓的台階上拍了一張大合照，男同學接著去牽摩托車，載女同學一路騎往慶功宴的地點，那自然不會是其他任何地方，只能是政大後山的貓空；是了，貓空，一個會讓政大學生不自覺陷入回憶的地點，大一迎新晚會結束後初次被學長姊帶去時，有些過往就已經存放在那裡了，等著你去想起。

綿長的車隊在山路上呼嘯而過，一束一束的大燈點亮了反光的路標，也照亮前車女生的背影，她身上仍穿著畢展的工作服，手裡抱著親友送來的花，她呼吸著山上沁涼的空氣，忽然覺得未來仍有好多待實現的夢想，她慶幸自己尚未老去。

同學三三兩兩地入席，同一組的就坐隔壁，幾壺鐵觀音、幾盤黑瓜子，積累了一整年的壓力總算化開，一如茶壺上的蒸氣。你接下來的計畫是什麼？當兵、出國、就業，還是讀研究所？茶館的夜燈下，大夥聊著各自的人生選項，穿插著誰誰在哪一年哪一堂課上發生過的糗事，誰誰誰又曾經喜歡過誰。

此時此刻，這群人能夠聚在這裡，除了命中注定大概沒有更好的解釋。一九九七年的數十萬個考生被丟入一台巨大的扭蛋機，出於一種純粹的機緣，這三十多個渾然不同的個體被湊合在一起，共享珍貴的大學時光。再過一個星期，他們會穿著租來的學士服把帽子高高地扔向天空，走下總圖的階梯，許多人這一生再也不會有交集。

這年夏天，台灣搖滾圈也大步走向下一個階段，角頭音樂發行了《ㄞ國歌曲》的續篇《少年ㄞ國》，幾個新生代樂團如旺福、蘇打綠、八十八顆芭樂籽初試啼聲，他們肩上沒有沉重的包袱，玩音樂的姿態是更加輕盈與放鬆。

野台開唱則首開大型音樂祭售票的先河，使用者付費的觀念慢慢被建立起來，過去樂迷認為不可能來台演出的外國樂團，風塵僕僕地來到台灣，當Yo La Tengo在華山的倉庫裡奏出〈Sugarcube〉的前奏時，我們站在那面美夢成真的音牆前，聽見甜美的白色噪音從牆上灑落下來，大夥一起尖叫，然後喜極而泣。

This is happening!

而我和毛主席的奇異旅程也持續進行著，畢展後阿達把我們叫去辦公室，他說水晶想發行我們的紀錄片，要我們再加把勁，把片子剪得更完善些，這麼一來，我房裡的後製中心便重新開工了！有一天，小柯拎來了十多卷濁水溪公社的珍稀影像，陪我們一卷一卷地看，打算萃取成歷年的演出精華，當作VCD的附加收錄。

影片上市後，我們在台灣各地進行了一趟巡迴播映會，夏末最後一場，地點就在地下社會。我們向朋友借來一台大電視機，兩人小心翼翼地搬下樓梯，觀眾們席地而坐，和我們一起觀看這部紀錄片最終的樣子。它也許仍有些青澀，帶點磨砂紙的粗糙感，卻是我倆都滿意的結果，因為那樣最貼近我們當下的真實。

映後一幫人在地下室裡喝個爛醉，直到天明，大夥離情依依地抱在一塊兒，說些掏心掏肺的話。再奇異的旅程終究是得暫停的，我們在世紀末意外闖入了一個武俠的世界，那裡棲息著台北最精采的一群人，從初識到現在，我們和樂團一同經歷過很多了。

入伍前夕我將四年的生活分裝成幾個大箱子，在搭車南下的中午，到學校對面的郵局一箱一箱寄回家。其中有個資料夾我決定隨身帶上客運，裡面裝了一疊重要的紙張，有金旋獎的報名表、加退選的單子、轉系成功後的註冊通知，還有媽媽和姊姊寄來的家書，每一張都是曾經走過的證明。

軍人節的隔天，我被軍用大卡車運送到台南縣的官田新訓中心，官田是新總統的故鄉，當地產菱角，也產苦悶。我和同梯次的役男被推上新兵的生產線，剪掉我們的頭髮，換上了迷彩服，再夾上識別證，管你在外面是誰，把他給忘掉吧！國家賦予你的新身分是一個卑微的二等兵，處在食物鏈的最下層。

幸好部隊無法剝奪你閱讀的自由，我帶了《搖滾黨記》和《世界末日與冷酷異境》這兩本書進去，它更無法控制你思想的自由，每次到野外操課，我的身體按照值星班長的口令做出相對應的動作，腦中卻將紀錄片從第一幕播放到最後一幕，一邊思索著哪裡應該換個剪接的方式。

每天晚上輔導長在中山室發信時，偶爾會叫到我的名字，我和J已經分手了，進入一種不知該如何稱呼的關係，不過只要她有空依然會幫我寄些剪報過來，我在某一期的《破報》裡讀到，水晶頂不過長期的財務壓力，《搖滾客》再次宣布停刊了。

新兵的寢室中永遠有人對著角落在發呆，也永遠瀰漫著痱子粉和痠痛貼布的味道。每晚睡前我會默唸一遍老兵刻在床頭的打油詩：「站衛兵按表排定，打內務標準一定，要休假遵守規定，退伍日早已決定。」望著黑淒淒的天花板，長這麼大，我第一次領略到身不由己的滋味。

總算熬到第三週的懇親會，爸媽帶著阿嬤一道過來看我，媽媽煮了一鍋我愛吃的黑輪米血，阿嬤問我有沒有吃好睡好，爸爸翻著他的早報，幫我更新國內外大事。中午過後毛主席也來了，他申請上一所藝術大學的碩士班，學校就在台南縣，開車過來並不太遠；家人們向我擁抱道別，把剩餘的會客時間留給我們。

我帶他走到餐廳，在那裡巡邏的幹部比較少，途中我們經過停車場，他那輛紅色老爺車在灰濛濛的軍營裡顯得特別突兀。毛主席什麼補給品都沒帶，只是默不作聲從背包裡掏出一台隨身聽和三張CD：濁水溪公社的新專輯《臭死了》、甜梅號才剛發行的《是不是少了什麼》，還有Radiohead的《The Bends》。

這些，就是我需要的全部。我一張接著一張聽，一首接著一首品嘗，久違的吉他聲、鼓聲和歌唱聲從耳機深處像海潮一樣湧過來，構成了一幅栩栩如生的畫面，我這才記起，音樂是這麼美妙的東西啊！它會牽動你全身的細胞，引發體內最本能的反應——是的，我還活著。

三個星期來，我第一次有這樣的感覺。

我聽得心神蕩漾，完全忘了自己身在何處，直到鄰兵趕來叫人，「喂！班長要點名了！」回頭一看，整間餐廳空蕩蕩的，早就不見其他阿兵哥的蹤影，我火速奔向集合場，班長一臉凶狠瞪著我說：「你，皮給我繃緊一點！」

我和其他懇親會上表現不佳的弟兄被罰出公差，睡前得將餐廳恢復原狀。我們隨便打掃過一輪，躲到伙房裡偷抽了幾根菸，再用破舊的推車把借來的桌椅從營區的這一頭推到另一頭。

中秋就快到了，滿天星星襯托著一個圓圓的月亮，我在後面慢慢推著，晚風拂過我的前額，遠處的營房還亮著微弱的光。快二十三歲了，今夜我感到格外的平靜，耳邊迴蕩著一個溫柔的歌聲：

Her green plastic watering can
For her fake Chinese rubber plant
In the fake plastic earth

二〇〇一，太空漫遊的這一年，我準備航向心底的太空。

Volume 2

2003—2016

SidE C

SidE C

1. 美國夢

紐約的E線地鐵是全市最古老的地鐵路線之一，在一九三三年發出了首班車，當時正逢大蕭條的年代，失業的男人戴著軟呢帽，身穿粗布大衣，神情漠然地列隊上車，準備到城裡的救濟站領一杯熱湯，或是找家職業介紹所試試今日的手氣。

二戰結束後美國再次富裕起來，失業男人的兒孫輩，即後來所謂的嬰兒潮世代，在六〇年代發現了一樣叫青春期的玩意兒，生活裡需要大量令人分心的，並且會帶來快感的事物——搖滾樂、迷幻藥、早熟的性經驗，以及一年四季都在較量的職業運動比賽。

紐約於是在六〇年代成立了第二支棒球隊，紐約大都會隊，球場就蓋在E線地鐵行經的皇后區，球隊的代表色是深藍色，也是E線地鐵在地圖上的顏色。

我初次搭乘E線地鐵是二〇〇三年六月的事，那時我剛退伍，第一次造訪紐約，在皇后區的森林小丘那一帶向台灣留學生短期租賃公寓，暫時有個棲身之地。一個週末的早晨，我背著食物和水壺鑽進E線的肚子裡，它像一條細長的海蛇，從東河底下潛入曼哈頓，一路擺動著尾巴游向下城的金融區，終點是舉世聞名的世貿中心。

或者，更精確地說，是世貿中心的遺址。

九一一事件發生時我入伍剛滿一週，人在軍營，對外頭的事毫無所悉，同梯的新兵也沒人敢帶手機進來（那被逮到可是會倒大楣的），我們處於完全封閉的狀態。台灣時間九月十一日晚上九點左右，連上正要開始晚點名，消息已經從國防部迅速通報給各基層單位的主官了。

值星班長將隊伍整理好後，被連長叫到一旁，其他志願役士官也聚了過去，連長向他們低聲說了幾句，眾人的面色凝重起來，他接著走到凹字形的部隊中央，在熾熱的探照燈下向我們精神喊話：「各位弟兄，要做個勇敢的國軍！好好保衛家園！」

連長說得義憤填膺，我們卻不知道發生什麼天大的事，只覺得氣氛很不對勁。隔天上午全旅接獲指令，要進行緊急大會師，各連隊一邊呼喊口號、一邊邁步跑向旅集合場，營區內頓時飛沙走石、喊聲四起，空氣中滿是肅殺之氣。我戴著鋼盔在隊伍裡悶頭跑著，以為自己是軍事片的臨時演員。

旅長是一位將軍，透過麥克風，他向全旅弟兄說明昨天發生在紐約的慘劇。集合場的播音系統一如國軍多數的裝備，已經很老舊了，旅長的說話聲就像流竄在廣播頻道間的雜訊，在我耳邊滋滋地散開，隱約中我聽見飛機、撞擊、倒塌這幾個關鍵字，但無論在腦中如何拼湊，都還原不出那個畫面，那實在需要非比尋常的想像力才行。

直到晚上的休息時間，我們才在中山室看到了末日般的景象，北塔和南塔在電視機裡接連起火、爆炸，最後分崩離析，好多絕望的人不斷從冒著黑煙的窗戶裡跳出來。平時長官不在總是打鬧成一團的新兵，集體陷入深深的沉默。

就寢前大夥圍在床邊竊竊私語，有人推測第三次世界大戰就要開打了，我們首當其衝，即將被送往前線當炮灰。我躺在床鋪上，雙手托著剛被理光的後腦勺，當下並未擔心得那麼遠，只是自私地想：紐約，我還沒去過啊！崇偉的世貿雙塔我也尚未親眼見過，為何幾聲野蠻的巨響，就讓它成了永遠的幻影？

重建工程剛起步時，美國各界存有不少歧異，有一派建議在原址興建紀念館，有一派主張開闢成公園綠地，也有一派提議，將那不復存在的雙塔一磚一瓦地蓋回來，並且多蓋一層，用一樣的鋼筋水泥疊起一個更高的美國夢。

於此同時，遺址被擱置下來，在那塊猶能聞到焦味的荒地，留下一個巨大的窟窿，裡頭埋葬著仇恨、悲傷、文明的對立，以及美國神話幻滅後飄下的粉塵，接下來是長達十年的獵捕賓拉登行動，捲起更多殺戮與不安。

弟兄們擔心的第三次世界大戰終究沒有打成，美國一意孤行掀起了伊拉克戰爭，執行自己定義的正義。我從新訓中心結業後，軍旅生涯不斷遷徙與奔波，先後被派遣到鳳山的步兵學校、湖口的裝甲兵學校、外雙溪的後勤學校，又跟著部隊在白河下了兩次基地，幾乎把整個台灣西部繞了一圈，最後在屏東退伍。

恢復平民身分不到半個月，我拎著一袋文件站在美國在台協會的大門前，我已經不是升高中時那個懵懂少年了，這次我胸有成竹，做好了萬全準備。面試官是個胖胖的白人大叔，他接過我的退伍令，用標準的國語問我：「你過去曾經有過申辦美簽被拒絕的紀錄嗎？」我點點頭，他接著問：「你這次打算去美國做什麼？」

我將一份從國外的網站列印下來的節目單遞給他，那是一個單日音樂節，陣容很夢幻。大叔用他寬厚的手指推了推鼻梁上的眼鏡，把節目單仔細掃過一遍，他對陣容裡的Radiohead、Blur、Spiritualized那幾個英國樂團似乎不大感興趣，直到發現一個熟悉的名字，他眼睛一亮叫道：「Beastie Boys!」

是了，野獸男孩！他們是一組元老級的白人饒舌樂團，歌詞勁辣、曲風混合著搖滾的元素，發跡的地點正是紐約。「你的門票買好了嗎？住宿的地方找到了嗎？」大叔忽然不再像個公事公辦的面試官了，反而像是同好，他蓋了幾個章，把節目單連同申請文件遞回給我，「Enjoy it!」

就這樣，我來到傳說中的美國。

依然傷痕累累的美國，曾經被垮世代詩人艾倫金斯堡咒罵過的「用你的原子彈去幹你自己」的美國。如果這個偉大的國度終將衰敗，也許我還來得及目睹它最後的榮光，而強悍又美麗的紐約啊，我未來的命運將隨著妳起伏擺蕩。

這班E線地鐵是一班特快車，清晨的車廂裡沒什麼人，有個黑人女孩把腳翹在隔壁的椅子上，讀著別人留下來的《紐約郵報》。列車在接近第八大道前被地底某種強大的外力推了一把，向左急轉而去，我身旁的紙袋跟著晃了一下，傳來一股貝果涼餿餿的味道。

我在曼哈頓的公車總站下車，向售票亭買了一張巨人球場的來回車票，公車開進連接紐澤西的林肯隧道，從哈德遜河的彼端探出地表。我用手背擦掉車窗上的霧氣，這時空中烏雲密布，雨窸窸窣窣下了起來，不一會兒工夫，細碎的雨絲膨脹成扎實的雨點，滴滴答答敲落在車頂上，全車人只能望雨興嘆，絲毫感受不出這輛車的終點是一場搖滾音樂節。

入場又是一陣折騰，由於九一一的陰影仍揮之不去，進出各種公共場所都得通過嚴苛的安檢程序。保全人員板著一張臉，命令樂迷把帶來的雨傘扔在圍欄外，理由是那具有「攻擊性」。

被丟棄的傘很快疊成了一座山，散場後是要如何找回自己的那一把呢？更霸道的是，背包內的食物和飲水也嚴禁入場，原因就和國土安全無關了，單純是主辦單位要強迫樂迷去購買會場內由贊助廠商販售的食品，好一套資本主義的運作法則。

巨人球場是一座寬大到駭人的美式足球場，冰冷的建物共有四層，號稱可以容納八萬人，不過今天的三樓與四樓全是空的。厚實的雲層就像一隻黑色的章魚，舞動著爪子盤旋在球場的正上方，大雨傾盆灑下，數萬張空椅瞬間成了接水的容器，一樓的人工草皮也溢出一灘灘的水窪。率先出場的女歌手最是狼狽，唱歌的時候身邊還有工作人員來回拖地，她沒唱幾首就老娘不爽地閃人了。

頑劣的雨勢總算在下午稍稍和緩下來，人潮在電音名團Underworld的時段開始回流，當台上的ＤＪ播起萬眾期待的《猜火車》主題曲〈Born Slippy〉，只見五顏六色的雨衣像一個個彩色的小點在台前蹦蹦跳跳，也算苦中作樂。這時我決定動身到場外繞繞，聽說某處也搭了一座小舞台。

我繞過大半座球場，最後在偏遠的停車場發現那座舞台，它的位置很尷尬，正對著高速公路的交流道，四周停滿卸貨的大卡車以及給樂手休憩的車屋，台上臨時架了一具遮雨棚，器材全被防水布給蓋住。台前的觀眾稀稀落落的，演出者卻不以為意，他的打扮樸素，頭髮有些凌亂，嘴巴旁邊有一圈未刮的鬍碴。

那男人抱著一把吉他坐在椅子上，輕細的歌聲帶點含蓄的滄桑，彷彿這首歌只打算唱給自己聽。那樣的歌聲我是記得的，我放慢腳步向台前靠過去，一邊對自己嘀咕應該早點來看他——他，是民謠歌者艾略特史密斯（Elliott Smith）。

我對他最早的印象是名字很特別，包含兩個 l 與兩個 t，不小心很容易會拼錯（事實上，台版的《Figure 8》專輯側標就拼錯了，字尾少了一個 t），一九九八年的奧斯卡頒獎典禮讓他聲名大噪，當年他以《心靈捕手》的插曲〈Miss Misery〉入圍了最佳原創歌曲，受邀到現場演出。

在獨立廠牌發片以前，艾略特熬了很長的一段日子，他是辛苦的藍領青年，在波特蘭幹過各種粗活，創作的題材極度個人化，和大眾品味絲毫沾不上邊。當晚，台下坐滿光鮮亮麗的好萊塢名流，典禮透過衛星傳送到全世界，估計有上億人在電視機前聽著主持人比利克里斯托耍著嘴皮子。

艾略特以示慎重地穿了一套白西裝，背著一把空心木吉他，他和劇院裡的管弦樂團搭配，不疾不徐唱完了〈Miss Misery〉，那是一首恬靜的小曲，讓人感覺如沐春風。曲畢他深深一鞠躬，現場報以熱烈的掌聲，雖然獎座最終頒給了《鐵達尼號》那首魔音傳腦的〈My Heart Will Go On〉，艾略特成名了。

這無疑是個很美國的故事，當然也很勵志，然而並非每個人都做好了一夕成名的準備。低調的艾略特被丟到鎂光燈下，面對媒體突如其來的刺探與騷擾，渾身水土不服，酒精與藥物漸漸成了他逃生的出口，而自小父母離異，生長在破碎的家庭，憂鬱症也一直折磨著他。二〇〇三年是狀況好轉的一年，他戒掉不好的癮頭，久違的新專輯也開始動工了，還接下少量的演出邀約。

即使小舞台周圍不時有車輛進出，濛濛細雨也沒有停過，艾略特卻有一股能超越所在環境的安定力量，無論周遭存在著多少干擾，他都能與內在的自我達成和諧的共鳴，每首歌結束會和樂迷致謝，然後撥弄起琴弦，輕聲地唱入下一首。

雖然我也感覺到，那天他的人與歌都是比較低鬱的。艾略特曾經這麼描述自己的作品：「我不會用抑鬱來形容我的音樂，但裡面確實有些悲傷，這是必要的，這樣音樂裡的快樂才會顯得重要。」

站在台前我突然感到一陣冷，時間已近傍晚，戶外的溫度陡降，壓軸樂團也差不多要登場了，沒等他唱完我便走回了場內，同時在心裡和他道別。誰知道，歷史正凝視著我們，四個月後，艾略特走了。

當年十月的中午，艾略特的女友發現他胸前插著一把刀，但兩人的住所並沒有被外人入侵的跡象。當救護車把他送到醫院時已經太遲，這位善感的詩人歌手，只在世上遊歷了三十四個年頭。

「我很抱歉，愛你的艾略特，上帝原諒我。」這是他留在桌上的紙條。

散場後我取了一把陌生人的傘，擠上那班回程的公車，下了一天的雨終於停了，形狀宛如陽具的曼哈頓島從河的彼岸浮了上來。我望著天際線的破口，想像它曾經完整的輪廓，眼前的景色一如我在凱魯亞克的小說裡讀過的，像穿喉而出的夜之籟，寂寞如美國。

2. 孤島生活

學生餐廳裡的收音機總是開著，固定在同一個頻道。那台收音機就擺在咖啡機旁邊，從來沒人動手去調整過它，可能也是從來沒人認真在聽。這個當班的ＤＪ我已經很耳熟了，每天晚上八點是他的時段，而每天晚上八點我幾乎都坐在這裡。

「嗨！各位親愛的聽眾，這裡是WNYC紐約公共廣播電台，您的感恩節假期過得如何呢？享用過火雞大餐，耶誕節也不遠了！我們先來聽一首愛爾蘭歌手戴米恩萊斯的新歌〈The Animals Were Gone〉，來自他的新專輯《9》，提醒您，他十二月將來紐約開唱，地點就在Beacon Theatre。」

ＤＪ無意間說出了幾個關鍵字，我內心微微顫了一下。

我應該是整間餐廳唯一有在聽他說話的人，其他人都占著一張桌子，一邊喝著冷掉的咖啡，一邊盯著筆記型電腦。他們猶如一座座孤島的島主，在島上剪輯著影片、架設著網站、撰寫著劇本、畫著服裝設計的草圖。我剛打完一份期中報告，正在更新自己的部落格，那是我讓台灣的親友知道「我還在」的一種方式。

收音機那頭傳來一首柔美的歌，前景是一個磁性的男聲，副歌時有一個乾淨的女聲從背景穿透出來，和他一來一往地對唱著。兩條動情的聲線纏繞在一起，那種感覺不只是歌手和合音天使的關係而已，更像一對藉由樂句在交換心事的戀人。不過曲勢卻在尾聲急轉直下，戀人成了敵人，在音軌間留下了幾縷煙硝味，我猜餐廳裡大概不會有人注意到這個變化。

八點五十分，大學部的工讀生開始做關店的準備，把餐檯上沒賣完的三明治冰回冰箱，接著洗起了咖啡壺。學生們見狀紛紛把自己的蘋果筆電收入背包，沒有任何人多看任何人一眼，「打烊了！」工讀生喊道，順手關掉了收音機。

我跟在他們身後走了出去，一到學生中心的門口，每個人就像說好似地往不同方向散開，彷彿幽靈隱身在人流裡；我也不落人後，踩著堅毅的步伐向「某處」走去，雖然我並沒有明確的目標，接下來也沒有特別想做的事情。

這是二〇〇六年初冬，我即將迎來留學生涯的第三個耶誕節。

大約從一年前開始，走在路上我會被觀光客問路，這件事剛發生時我還沾沾自喜了一陣子。我在險惡的都市叢林打滾兩年多了，已經學會各種生存技巧和街頭智慧，知道哪一條地鐵路線會在星期幾的時候更換月台，知道如何買一張電影票去看三部電影，甚至知道哪個街區的哪個時段可以撿到最好的舊家具。我不曾被偷、被搶或遭遇任何真正危險的情況，我想，我應該夠格被稱作一個紐約客了。

但我發現，自己沒有朋友，我在這座滿滿塞了八百萬人的城市裡沒有半個朋友。

我到校門前的報箱取了一份《村聲週報》，這期的封面依舊是左派報紙最愛的小布希總統，他被插畫家畫成了一隻屁股紅紅的猴子。我把報紙捲起來，沿著第五大道走進華盛頓廣場，幾個頭戴洋基棒球帽的壯漢瞬間湊了過來，距離近得讓我可以聞到他們胸前口袋裡的大麻味。

「Konnichiwa!」他們怪腔怪調地和我搭訕，我聳聳肩；「Ni Hao!」他們又試了一次，我搖搖頭，大步走掉了。我從廣場的另一側繞出去，到附近的Other Music唱片行逛了一圈，幾名面熟的店員都不在，我接著轉入布里克街，街口那間CBGB俱樂部在上個月停業了，今夜看過去像一棟被火燒過的鬼屋。

我到速食店買了一份一號餐，三個全身掛滿金鍊子的黑人弟兄像肉食動物忽然圍攻過來，要推銷他們的饒舌專輯，我從他們中間快速鑽了過去，幾乎是用小跑步的停在蘇活區的地鐵入口。

我想我還是回家好了（我好像也只能回家了），反正電視上還有大衛賴特曼的脫口秀可以看。我熟練地刷過月票，站上開往布魯克林的F線班車，兩個戴禮帽的猶太人一路盯著我看，難道我的樣子有點像流浪漢嗎？我確實很久沒剪頭髮了，那場大病以後少掉的十公斤也還沒完全長回來。

我避開他們的視線，假裝在眺望車窗外的自由女神像——原來啊，我現在體驗到的就是「旅居海外」的實況。海面上的自由女神似乎聽見這句悄悄話了，把頭轉過來說：「那，你現在知道了吧？」她同樣自己一個人孤伶伶地站在那座小島上。

我會來紐約讀書全然是一場意外，大學的心願是，退伍後想去英國留學，倫敦、曼徹斯特、雪菲爾或利物浦都好，因為那些城市都孕育了我鍾愛的英式搖滾樂團，如果能趁留學的機會到當地過一段深刻的日子，是多讓人憧憬的一件事。

很神奇的，就在我抵達紐約的第一晚被人帶去一個神祕兮兮的地方看了一場前衛爵士的演出後，那個醞釀多年的英國夢，竟然一夕之間更動了內容。其實，和當晚聽到的音樂無關，而是我在那裡進入了一座力場，身體和心靈都被推到地殼的深處，地底的光線與熱能在我的皮膚上起了一種作用，好像剛被冬陽曬過似的，摸起來帶著一股餘溫。

那是我前所未見的，過去也不知道它存在的魔幻空間，當我被拋回地表，大腦立刻釋放出一個新的訊息：來吧，來這裡吧！我當時並不清楚的是，一旦進入力場，有些物質會跟著被改變，譬如所謂的現實感，到一個地方旅行與生活，畢竟是兩碼子事。

留學生在異地交朋友本來就是不容易的，我們學校也沒有傳統的校園（招生簡章上的說法是：整座格林威治村皆為敝校的校園），同學下課後缺乏一處休息徜徉的空間，各個變身成酷酷的獨行俠，維持著友善卻又疏離的互動關係。

平時遇見會多聊幾句的多半是韓國或日本的學生，我們都意識到那個「亞洲同盟」的身分，聊天時可以一句一句把英文慢慢說好，不用擔心話到嘴邊忽然忘了某個單字的尷尬感，那樣的社交情境顯然輕鬆得多。

學校裡的台灣留學生也不多見，我們就像找回失散多年的親人似地認出彼此，兩男一女組成闖蕩紐約的三人小組，課餘會結伴到紐約大學的圖書館查資料、跑去中央公園看別人溜冰，想家的時候就一起到中國城吃頓沙茶火鍋，然後闖進香港人的地盤唱卡拉OK。

「Say Goodbye，Say Goodbye，昂首闊步，不留一絲遺憾。」我們在裝潢得好奇怪的包廂裡喝得好醉好醉，唱得聲嘶力竭。

年底天寒地凍的時節，曼哈頓的大街小巷沾染著濃厚的節慶氣氛，每當我們走出暖呼呼的卡拉OK店，都有一種在銀白世界裡相依為命的感覺。

成員之一Y也是政大的校友，我們的音樂口味非常接近，幾乎到了iPod的歌有80％都重複的地步。我倆跑遍了大大小小的場館和俱樂部，城裡或城外的、河邊或軌道旁的，當燈光暗下的時刻，我們在舞台前同時低下了頭，聽見自己和對方的心跳。

一個人去看表演是可恥的，一個人在公共場合落淚也是可恥的，Y已學成歸國了，三人小組只剩我還在紐約，年底的戴米恩萊斯演唱會，我還有什麼選項？地鐵到站前，我想起一名久無音訊的朋友，最初我便是從她的信裡認識了這位歌手，也許冬天注定是重逢的季節。

大四那年我們在一個拍片的場合裡認識，她家住天母，一路考上最好的學校，高中穿的是綠衣黑裙，大學在椰林大道上騎單車，像她這樣家教良好的女孩，想必是學過幾年鋼琴，英文說得很流利，家中有一隻活潑的黃金獵犬。

畢業後她申請到奧斯汀的名校，離鄉背井到德州，買了一輛中古日產車代步，開始學著自己煮飯做菜，也學著看懂美式足球的規則，好融入當地的文化與生活。同一時間我在部隊裡開著坦克車、刺槍時要帶殺聲，我們目擊著截然不同的生命現場。

她在隔海寄來的信件中和我分享日常的趣事，比如大剌剌的白人室友昨晚又帶男生回來過夜了，口音很重的印度教授在研討課上又說了什麼笑話，或是她參考網路上的食譜學會一道墨西哥菜等等。我在軍營裡總是讀得津津有味，幻想自己留學生活可能的種種。

她說奧斯汀有一間很酷的唱片行，她在那裡邂逅了戴米恩的專輯《O》，「你下次休假快去找來聽！」她的字跡猶帶著興奮的筆觸。我奉命去找來聽了，一聽果真難以自拔，那種苦澀的調調，阿兵哥聽來實在太有感觸。

我漸漸習慣在收假的夜車上聽著《O》，往往專輯才剛開始就疲憊地睡去，直到最後一首歌時驚醒，中間的段落都印象模糊了，只記得最後兩句：

I look to my Eskimo friend
When I'm down, down, down

在心情最Down的軍旅時刻，我由衷盼望著遠方的愛斯基摩朋友，替我捎來更多鼓舞的消息。

有一天戴米恩本人現身了，他巡迴到奧斯汀演出，她老早開著車到現場排隊，擠在第一排拍了好多照片，還在背面加上生動的注解：

——他唱歌的時候會脫掉鞋子，腳掌往上翹，就像專輯封面的素描。

——他身旁的漂亮女生是麗莎漢尼根，他的女友也是合音天使，兩個人好登對！

縱然距離隔得那麼遠，讀著她的第一手報導，我也身歷其境了。

後來我們的際遇各有變化，她搬到紐約工作，住在格林威治村的布里克街，離我讀的學校只有一站地鐵之遙，兩人聯絡的頻率反而變少了，各自當著八百萬分之一的紐約客，讓機率決定我們在路上偶遇的次數。那天回家後我試著在MSN上敲她，拉開聯絡人的清單，全是不同時區裡正在失眠的朋友。

演唱會的日期是十二月十二日，一組理性的對稱數字，也是日本導演小津安二郎的生日與忌日。傍晚我從下東城的藝術電影院趕抵上西城的 Beacon Theatre，那裡是我和Y第一次欣賞巴布狄倫和 Sigur Rós 的地點。氣溫很低，我縮著脖子在劇院的看板下等著，鑲滿燈泡的看板在天黑時亮起了這幾行字：

Damien Rice with special guests The Swell Season

12/12 8:00pm

富麗堂皇的劇院前人山人海，不斷有黃牛靠過來要和我做生意。快開演前我在人堆裡發現了她，她穿著俐落的黑色套裝，雙頰上了點淡妝，許久不見，已是幹練的職場女性模樣了。我們略顯生疏地寒暄了幾句，她說自己剛從辦公室趕過來，連晚飯都還沒吃。

領位人拿著小手電筒把我們帶入席，暖場團開演時我赫然明白了，今晚是個情歌之夜，The Swell Season同樣來自於愛爾蘭，一男一女哼唱著用情至深的民謠曲，再過一年，兩人又歌又演的音樂電影《曾經，愛是唯一》將會風靡全球，寫下一則童話般的灰姑娘故事。

可是屬於戴米恩與麗莎的童話似乎來到了尾聲，台上的他像個頹廢的小生，歌聲裡參雜著各種焦躁的情緒，好像在對抗著什麼，又急於掙脫什麼。整晚麗莎只是默默佇立在後方，把自己鎖在一襲高雅的禮服內，用平靜的歌聲安撫著他。台上若即若離的兩人召不回歌裡的濃情蜜意，日復一日地巡迴、趕場，也許再深厚的感情都會因此磨損。

離開熄燈的劇院，我們在百老滙大道上走了一段路，日間的歡鬧都已沉入夢鄉，眼前換上一幅靜謐的夜景，午夜的城，只剩櫥窗裡的聖誕樹還閃著光。

演出不如預期，走一走也就釋懷了，我問她接下來的計畫，她說還算滿意目前的生活，手藝也愈來愈進步了，應該會繼續住在這裡，暫時沒有回國的打算。我聽了心想，是啊，愛斯基摩人畢竟是習慣寒冷的居地。

「那你呢？」她問。

「朋友都走光了，出版社也還沒有著落，好像是該面對現實了。」

我們往車站的方向又走了一段路，我目送她離去的身影，想像月台的盡頭有一座雪白的冰屋。

3. Sad & Beautiful World

我在布魯克林的公寓是一棟雙層紅磚樓房，位在一座緩坡上，坡的兩側各是一個單向入口，除了這條街上的十幾戶人家，不太會有其他人在這裡走動。街邊的路樹都長得很高大了，每一戶的前庭都養了一片綠油油的草坪，主人澆水時會和過路的鄰居打招呼。我搬來的那年恰好是美國的大選年，社區的住民會把國旗和候選人的旗幟一起插在家門口，據我觀察，超過八成都是支持打過越戰的民主黨候選人約翰凱瑞，包括我的房東。

他和高齡的母親住在一樓，是屬於嬰兒潮世代的白人，大概六十出頭歲，頭已半禿了，手勁倒是很強，我初次和他握手就差點招架不住。我是透過地鐵站旁邊的房仲公司找到這棟公寓，模樣有點像肯德基爺爺的經紀人幫我殺了殺價，取走他的一份佣金，就開著老福特告辭了，留我和房東在門口互相自我介紹。

我前後在此住了三年，對他的背景卻所知有限，僅能憑一些生活中的線索，猜測他可能離過一次婚，而且曾是一個嬉皮，他那輛哈雷機車就停在一樓的台階旁邊，用一塊銀色遮雨布蓋住，天氣好的時候會騎出去兜風。

有一回房東上樓幫我換燈泡，發現我的臥房裡擺了幾籃黑膠唱片，露出很驚訝的表情，他說自己的地下室也有一面牆的收藏，只是內容很久沒更新了，停在他二三十歲的時候。他蹲下來翻了翻我的唱片，嘴裡喃喃唸著：「oh my...oh my...」我不確定那代表「你怎麼也有這些」，抑或是「這些是哪來的樂團」。

房東的母親就像我小時候在《黃金女郎》影集裡見過的美國奶奶，健談、開朗，對我的iPod總流露出高度的興趣。節慶時房東幾個成年的孩子會回家過節，一家人會在後院架起陽傘，愉快地烤肉、喝啤酒。我的客廳有一扇面向後院的窗戶，房東見我在窗前張望，會招手喊道：「Hey, Dennis, would you like to join us?」我婉拒了幾次後，他便不再問了，只是抬頭對我笑笑。

像我這樣的房間在紐約稱作One Bedroom，有客廳、臥房、廚房和浴室，也有自己獨立進出的通道，一個人住起來比較方便。相同的租金在曼哈頓只能租到Studio，即那種開門後「所見即所得」的無隔間單人套房，時常得和樓友共用浴室。當時選擇住在布魯克林，並不是因為這裡有多時髦（那是後來才發生的變化），單純想用通勤的時間換取居住的空間，每天至少一個鐘頭的地鐵時光便靠聽音樂來打發。

有偏愛的通勤音樂嗎？有的，我當時最常聽的是Sufjan Stevens的《Illinois》。

每個月有一兩個晚上，我會按下投遞到信箱裡的中餐館傳單上的電話號碼，叫幾樣外送來吃：油滋滋的牛肉炒飯、軟軟的炸春卷、不酸也不辣的酸辣湯。以前看好萊塢電影總會嚮往劇中人在家裡叫中餐外送的情節，從裝食物的白色盒子到黃澄澄的幸運餅，真是無一不新鮮，而且一通電話就有專人將你想吃的食物熱騰騰地送到家門口。

但電影不會告訴你的是，為了迎合老美的口味，那是改良過的中式料理，你品嘗到的往往不是美味，而是一種發酵過的鄉愁。明知如此，在那些特別想家的夜晚我仍會拿起話筒，對它唸出略帶異國情調的食物洋名（譬如hot and sour soup是酸辣湯），感嘆自己沒有遺傳到爸爸的好手藝。

二十七歲那年我生了一場重病，他到紐約來照顧我，料理我的三餐。剛發病時應該動個小手術就好，人在國外卻不想立刻就醫，幾經拖延，直到忍不住痛了我才下樓敲房東的門，他見狀嚇了一跳，趕緊開車送我到最近的醫院，清晨當我被推進急診室時，病情已經惡化得滿嚴重。那是我這輩子第一次開刀，就在一個離家這麼遠的地方，Y從皇后區趕來在手術房外等我，幫忙聯繫台灣的家人。

復元的狀況並不好，患部甚至更加疼痛，每天我躺在臥房裡，發抖冒著冷汗，作著各種陰黑又嚇人的夢。和家人通過幾次越洋電話，他們決定派爸爸過來照料我，快滿六十歲的老爸獨自搭上長途客機，從機場來到布魯克林，他在門廊看見瘦削枯槁的我，那是記憶中爸爸第一次在我面前掉眼淚。

他從台灣帶來一箱補品，也學著搭地鐵到中國城買魚、薑等食材。起先我的傷口仍隱隱作痛，就算在公寓裡移動都很吃力，漸漸能走路後，父子倆會在寧靜的街區散步，好恢復我下半身的肌力，我們的目標是，每天都要比昨天多走幾步路。

忽然間，我又像個在爸爸的陪伴下學步的小孩了，夏天的黃昏，我們走過我平日吃早餐的簡餐店、每週採買一次的超市、半個月洗一次衣服的洗衣店，爸爸因此過了一段我留學時在過的日子。有一天我終於可以走到公園的湖畔了，那是布魯克林最大的公園，有明媚的湖光與天色，生病前我時常到那裡騎腳踏車。

爸爸向公園的攤車買了兩根冰淇淋，和我坐在長椅上看水鳥悠然地划水。那晚他燒了幾道我喜歡的好料，夜半時睡在客廳的沙發上，爸爸打鼾的聲音似乎特別洪亮。

那年秋天，研究所的課程已經結束，我回國養完了病，決定再回紐約待幾個月，替一本我想寫的書多蒐集一些資料；找出版社的過程其實並不順利，加上我大病初癒，家人的掛念溢於言表，這次回來是有點心虛的，就怕到頭來只是一場空。

轉眼酷寒的冬日就要降臨，儲備了足夠的糧食才有在紐約過冬的本錢，我拎著購物袋來到遊人如織的聖馬克街，這條街開滿唱片行、賣「I♡ NY」紀念品的攤販，也是紐約日本超市的集散地，我打算把泡麵、調理包和蕎麥麵條等乾貨一次買齊。

我去的那家超市開在三樓，二樓是日本漫畫和ＤＶＤ出租店，一樓則是平價居酒屋，隔壁連接著一家不起眼的唱片行，老闆是個吝嗇的老龐克，永遠垮著一張臉，顧著東一落、西一落的非主流唱片和過期書刊。

我彎腰鑽過狹窄的通道，刺鼻的霉味立刻竄了過來，店裡的分類雜亂無章，客人能找到什麼全看運氣。我注意到櫃檯旁邊掛了一張唱片，是Sparklehorse樂團的新專輯《Dreamt For Light Years In The Belly Of A Mountain》，他們有個美麗的中文譯名「天馬樂團」，我完全不曉得新專輯已經上市了。

其實用「他」應該更為貼切，主唱馬克林科斯（Mark Linkous）就是唯一的成員，負責譜寫全部的歌曲，需要灌錄專輯或現場演出時再找其他的樂手來幫忙。

他是典型的「另類搖滾明星」，作品總在銷售榜的邊緣徘徊，玩音樂讓他可以過活卻不可能因此致富或變得家喻戶曉。專輯發行時他的臉不會登上《滾石雜誌》的封面，但各家音樂雜誌會預留幾頁版面給他，專訪通常繞著沉悶的話題打轉，拍宣傳照時他會戴上一個馬的面具。

對他來說，這樣的名氣或許剛剛好，過多的關注反而平添壓力。每到一座城市巡演，自然會有一群忠實的樂迷排除萬難來聽他唱歌，散場後若撞見林科斯在吧檯喝酒，他們會悄悄走向他說：「謝謝你的音樂，它救了我一命。」然後再悄悄走開，留他繼續獨飲。

他的音樂溫暖、細膩，觸動著人心最柔軟的部位，總會讓人憶起童年，與某些哀傷的時刻。知音也許不多，真心愛上的強度都很強，譬如Radiohead主唱Thom Yorke，九〇年代他曾經邀請Sparklehorse替Radiohead暖場，後來還與林科斯翻唱了平克佛洛伊德的〈Wish You Were Here〉，兩顆鬱星合體，公認是那首歌最黯然的版本。

時序進入深冬，大量的雪片從天飄落，大街上雪深及膝，一磚一瓦也都覆上一層銀白色的厚雪。路樹的葉子全掉光了，日光得以透過窗戶完全照射進來，替房裡增添了幾許暖意，可惜，冬陽總是太過短暫。

我從唱片行帶回來的那張Sparklehorse散發著恬淡的鄉野氣息，歌與歌之間彷彿能感覺到光影的變化，開場曲就名為〈Don't Take My Sunshine Away〉：

Never a brittle wintertime
Baby you are my sunshine, my sunshine
Please don't take my sunshine away

（從未遇過如此易碎的冬天啊，你是我的陽光，請別帶走我的陽光。）

林科斯在我的音響裡誠心祈求著，可是那噬人的黑夜又忽焉籠罩大地，而窗外的落雪是那樣急促，我從早到晚幾乎都關在公寓裡，過了一段幽閉的生活。

那是我過去未曾經歷過的低潮期，內建的樂觀好像不管用了，腦子裡擠滿晦暗的念頭，寫給編輯的信也遲遲得不到回覆，寫作的計畫無以為繼，整個人的決心與意志從根部開始動搖，一種前途茫茫的感覺被冰封起來，形成一股讓人倦怠的壓力。

紐約如何繽紛，我終究只是過客，該回家了。雪融後我買了一張返台的機票，離開紐約的前夕，到東村看了那場Sparklehorse的演唱會。

我當天很早就到了，站在前排仔細觀察著林科斯，他穿著一套黑西裝，頭髮蓬鬆，鬍子略經修剪，由幾名伴奏樂手環繞在側。一開場他就唱起了自己十多年前的民謠小曲，台下一片靜默，接著他又連唱了幾首慢歌，直到中場時才向觀眾抱歉這陣子因為染上感冒，聲音的狀況不是太好，下半場沒再說過一句話。

你得由衷佩服甚至是感激像他這樣真誠的演出者，他在台上把自己受傷的心拆開，讓聽眾檢查裡面破碎的紋路，如果過程中有哪顆螺絲鬆動了、哪個零件受損了，導致演出結束那顆心無法回復原貌，他好像也無所謂。

他有能力譜出最美的旋律，又可以滿不在乎地在台上摧毀它，而他顯然更抗拒「打歌」這件事，整晚只唱了一首新歌，其餘的全是舊作，結尾曲還選了出道專輯的開場歌〈Homecoming Queen〉，那又是一首鬱鬱寡歡的曲子，他這種「回到最初」的謝幕手勢，是暗暗指向了哪裡？

三年後的春天，我的第一本書總算接近完工，一個幽靜的午後，我在台北公寓的頂樓打開電腦，準備和剩餘的章節搏鬥。在我工作室的角落有一疊黑膠唱片，是離開布魯克林前房東送我的，他用包裝紙包起來放到我房間的門口，有披頭四、約翰藍儂和小野洋子、滾石樂團以及B.B. King等等，都是他從前愛聽的音樂。

叫出Word檔前我習慣先瀏覽幾個網站，以稍微延後上工的時間，那天看到的第一則頭條便是林科斯自殺的新聞：

知名另類搖滾樂團Sparklehorse的主唱馬克林科斯，昨日在田納西州的一條巷子裡用來福槍對心臟開了一槍。他並未留下遺書或任何隻字片語，自殺原因成謎。林科斯患有憂鬱症，曾因用藥過度被送入醫院，他的歌詞浪漫而富詩意，擅長以迷幻的編曲和優美的旋律，烘托悲傷的情緒，備受其他音樂人的推崇。所屬廠牌表示，一場紀念演唱會正在籌備中。林科斯享年四十七歲。

自此整整一年，我沒有勇氣再聽Sparklehorse的音樂，那些將被勾起的種種，我無力承擔。直到刺痛感逐漸退去，我才有辦法重溫他的每一首歌，我在各種獨處的場合反反覆覆地聽，好像希望能從中聽出什麼。

林科斯年輕的時候曾寫過一首〈Sad & Beautiful World〉，他是這麼唱著的：

Sometimes I get so sad
Sometimes you just make me mad

Sometimes days go speeding past
Sometimes this one seems like the last
It’s a sad & beautiful world

THE LONG GOODBYE
Volume 2 2003 — 2016

是的，這是一個美麗與憂傷並存的世界。

4. 西門町的電影院

電影《超級大國民》裡有一場戲，垂垂老矣的男主角在台北城蕩遊，像一縷遊魂蕩到了西門町，他在獅子林商業大樓前停下腳步，顯得躊躇不前，好像必須在此通過一座險峻的幽谷。

老人穿著寬鬆的西裝，腳下是雙陳舊的皮鞋，頭上還戴了一頂黑色軟呢帽，壓住已然花白的頭髮，這身老派仕紳的裝扮，是他從舊時代帶過來的穿著習慣，蹣跚行走於新的時代，卻像個剛下戲的演員，在片廠外還找不到自己的位置。

朋友都稱他「許桑」，是一位受過日本教育，還替日本打過仗的台籍菁英，因為籌組讀書會成為白色恐怖年代的政治犯，青春都葬送在苦牢裡。風中殘燭的他離開了養老院，要在台北做一次最後的巡禮，拜訪幾個和他一樣的倖存者，也拜訪幾個在長夜裡不斷閃回的夢境。

那些噩夢發生的地方，是真實存在的嗎？那些在夢裡感受到的痛苦，會隨著時間而淡去嗎？

許桑佇立在川流不息的路口，抬頭望向獅子林大樓，他用台語獨白，眼前這棟大樓曾是日治時代東本願寺的所在地，國民政府遷台後成為警備總部的保安處，戒嚴時期是祕密警察刑求政治犯的刑場，當他和其他受刑人在裡面接受苦刑時，昏迷中猶能聽見外頭的電影院和唱片行傳來的樂聲，人生的荒謬與無常，也不過如此了。

電影上映的一九九五年我仍在台南讀高中，對於故事背景幾乎一無所悉，課堂上唯有本土派的歷史老師偶爾會提一提白色恐怖年代的事情，不過那都是課本上沒有的，考試自然也不會考，從升學的觀點並不具備教學的價值，我們需要牢記的反而是西元幾年中國又割讓了哪一塊領土給列強，那種離自己比較遙遠的事。

直到快二十年後我才看到《超級大國民》，劇中飾演許桑並獲頒金馬獎最佳男主角的演員林揚都已過世了，透過他的獨白，我才明瞭獅子林有這麼一段蒼涼的過往，也才明瞭，我對這座住了二十年的城市依然是這麼的陌生。

從東本願寺到警備總部，一齣齣時代劇在這裡開拍又殺青，許桑那代人的過去已經被淡忘在過去，由不同政權樹立起的地標，最終都隱沒在霓虹閃爍的看板裡。新的青年樂園在西門町搭建起來，讓年輕人有個逃跑的目標，學生有個蹺課的理由。

楊德昌的短片《指望》中，情竇初開的男同學對女同學說：「逃學的時候，就可以到西門町看一場電影。」

生長在享樂年代的我們，在西門町嗅不到半點悲情，它始終是用來約會的，用來幹各種傻事的，也是用來逃避現實的。看完一場限制級的午夜場，鑽入戲院後門別有洞天的窄巷，每條巷子都像一池暗潮洶湧的深潭，浮游著半透明的畏光生物——滑板少年、蹺家少女、剛從紅包場下班的歌舞女郎，還有東張西望的拾荒者。

暗夜的西門町魔幻如電影，西門町本身就是一部電影。

曾經風光一時的獅子林如今卻繁華不再，成了過時事物的集合體，這層樓擺著幾排故障的電玩機台，那層樓駐守著幾間乏人問津的婚紗禮服店，樓下的通訊行販售著來路不明的電子產品給來路不明的觀光客，整棟大樓褪色得像一卷亟需修復的電影膠卷。

時空在這裡過渡，時空在這裡被折疊起來，不同時代的青年在樓梯間錯身，他們有著不同的關切事項與生命進程，有人趕上樓去準備觀賞七天內的第五部影展電影，有人被憲兵押上了大卡車，即將被載往馬場町。他們看不見彼此，有時卻好像能感覺到彼此，大樓的每一個暗角都收納了斷代的記憶，屬於個人，也屬於集體。

跑影展的年月我也是經歷過的，先到政大書城取一本節目冊，像畫參考書的重點那樣用螢光筆把想看的電影圈起來，仔細比對上映時間確保不會衝堂，再和班上的其他影痴集資購買套票，劃位日當天分進合擊，力求把每一張電影票都買到手，這個過程就和實際去看那些電影一樣深具儀式性。

然後影展開跑了，年復一年印證自己是如何高估自己，把那份片單看完變成一種莫名的壓力，趕場到最後，已經不太確定自己究竟看了什麼，要到多年後才會驀然憶起其中的一兩個畫面，或是在電視上看到舊片重播時才發覺「原來是你」。

這種看電影的方式當然是很耗精力的，還需要一點閒工夫，年過三十我對影展不再那麼熱衷了，造訪西門町的次數也跟著減少，這裡畢竟是青少年的地盤，有一段特定的賞味期限，有一天，當你發現廣告看板上盡是你不認識的偶像推銷著你不感興趣的商品，街上行人討論著你前所未聞的流行事件，你愈發體察自己的不合時宜。

莫非，你也成了舊時代的人物了？

二〇一二年秋天，我像個天外來客走進已然陌生的西門町，先穿過對峙在兩旁的台灣獨立軍與中華統一促進黨，再繞過一票歌聲恐怖的街頭藝人，在一連串聲光效果的轟炸下重新回到獅子林，它依然矗立在那裡，冷眼打量著一代代人來了又走。

但有些已經走掉的人終究是得回來一趟，為了一部一年只演一場的電影，為了進入另一種現實。《閉嘴聽音樂》（*Shut Up And Play The Hits*）是那部電影的名字，主角是紐約電子搖滾樂團 LCD Soundsystem，他們在成軍十年後舉辦了一場告別演唱會，地點在曼哈頓的麥迪遜花園廣場，這部電影封存了樂團在舞台上的最後兩個小時。

我坐在黑漆漆的放映廳，只看得見銀幕裡射出來的光束，只聽得見喇叭震動出的魔力重拍，當下卻有一種奇妙的感應，正如樂團的那首〈All My Friends〉，我所有的朋友彷彿都坐在附近，和我一起跌入那個深邃的時空，進行我們一年一度的集會。

他們是我的同齡人，影展期間不再拚命趕場了，選個一兩部最想看的電影，來溫習一下電影青年的生活。開演前在大廳遇見會對彼此點點頭，用眼神向對方確認，是啊，你也來了。

然後戲散了，我們混跡在人群中走出這座迷宮，讓發燙的感官漸漸平復下來，準備重回庸碌的日常。沿著年輕時相同的路徑走回捷運的出口，獨立軍和統一黨都退場了，台北車站發出了最後一班車，記憶中那個光怪陸離的西門町又活絡起來，它自外於時間的幻象，收留著那些永遠不會變老的逃家男孩、在漫畫裡重生的Cosplay女孩，以及總是意圖不明的街友。

廢墟重建在廢墟之上，我們駐足在街口，四周會浮起一片消失的地景：中華商場、舊的真善美戲院、圓環與天橋，還有那棟金黃色的唱片行，好多人就是在那裡買下了人生第一張進口唱片。

大一開學前幾天，我和幾個外地的新生被隔壁寢的學長帶來西門町開眼界，我們把摩托車停在學長熟知的密道，接著在巷弄間鑽進來又鑽出去，刺青的、染髮的、穿孔的，每一樣高中時不被允許的行為，這邊都提供了最快速的解決方案。我在眾人的起鬨下把心一橫，一次打了兩個耳洞，簡直像在趕什麼進度。

如今那兩個耳洞早已癒合了，那家穿孔鋪的位置我依稀還能辨認，每回經過它，總會下意識地拉拉左耳垂，似乎仍有一股涼涼的酒精會在指尖揮發。

但我記得最清楚的仍是在西門町看過的那些電影、一起看電影的朋友，還有散場時浮動在人潮中的氣味——《臥虎藏龍》、《絲絨金礦》、《樂士浮生錄》、《永遠的一天》，每一部都安置在內心某個重要的角落，等必要時再把它們喚醒。

我也同樣懷念當時的那股傻勁，記得應該是一九九九年，絕色影城開幕那晚我和J從木柵趕了過來，當晚的特別節目是連續播映丹麥電影《醫院風雲》的上下兩集，總長九個小時，從午夜一直播到天亮，管他銀幕裡的劇情有多驚悚駭人，放映到中途大家早就睡成一團，劇終只見工作人員端著招待影迷的早餐出來。

沒有人在西門町可以不想起青春。

5. 萬能青年旅店在台北

那是一家山腰上的嬉皮客棧，牆面都已經斑駁了，二樓的窗戶也卸下紗網，整家店彷彿未完成的裝置藝術，被擱置在城市邊緣的一處高地。

人稱這裡為寶藏巖，是台北南側的一座小山城，以前曾是外省移民的群聚區，巍顫顫的違章建築就像灰色的梯田隨著山勢而起伏，每到夏天的颱風季節，迎風面上的幾十戶人家都像氣旋下的命運共同體。

一如都市裡其他弱勢族群的住居，寶藏巖也面臨拆遷的威脅，後來在學術界與社運團體的斡旋下，市府同意將這裡改建為藝術村，除了選擇留下來的老住戶，山坡上的空屋成為藝術家的收容所，他們多半仍一無所有，只有強大的野心。

我來的這天是二〇一一年四月一日，我的書在年初出版了，當天來客棧進行一場相關的播歌會，恰好兩天後巴布狄倫將來台北開演唱會，我挑了一些六〇年代的民謠和老搖滾應景，如Nico、The Doors。來聽歌的讀者都很年輕，這些音樂可能不對他們的胃口，有些人聽到一半就跑到門外去了，眼看留在店裡的人愈來愈少，我按下自動播音鍵，也跟了出去。

客棧外是一座開闊的平台，是村民平日聯絡感情的據點。春寒料峭，一陣涼風從河岸吹了上來，抽菸的男生縮了縮身子，問我要不要試試他的丁香菸，深色的菸頭劈里啪啦燒了起來，我們靠著欄杆望向山下的新店溪，一排高聳的橋墩好像恐龍的腳在霧中忽隱忽現，橋的對面，就是永和。

「喂，開飯了！」主人把我叫回店裡，她的深夜食堂準備好了。

我和幾個食客圍在桌邊吃她下廚的家常菜，有煎豆腐、清燉蘿蔔、烤沙丁魚，白飯上還打了一顆生蛋黃，酒當然是必備的。就在整桌人略有醉意的時候，主人清了清喉嚨說，前陣子有個駐村藝術家到中國辦展覽，帶了一片ＣＤ回來，據說那樂團在對岸火到不行，橫掃了大江南北，你們有興趣聽看看嗎？

這種讓音樂出場的時機，一如即將在餐後打開一瓶陳年的好酒，主人的心意我們感受到了。她用店裡的音響播起那張ＣＤ，我接過專輯的外殼，發現正面留有幾道細長的刮痕，訴說著遠行而來的身世。

一陣猛烈的電吉他前奏從客棧的喇叭竄了出來，樂句的線條剛直而明朗，幾乎可以從中看見彈吉他的人臉的形狀。我挨著昏黃的光線想看清楚樂團的名字，在一個跳水的人旁邊，六個用書法寫成的雄渾大字躍入我的眼簾——萬能青年旅店。

我心裡暗叫了一聲，這團名取得可真好！既豪氣又響亮，正是搖滾的本色。

時辰已近午夜，酒在我的胃液裡翻攪著，存餘的專注力漸漸渙散掉了，糊裡糊塗初聽過一遍，說有多麼醍醐灌頂恐怕是誇大其辭，但我確實覺察到那音樂的特異之處，夾帶著一種來自蒼茫大地的意象，那裡有山川湖海，也有鋼鐵煙塵。

燙金的歌詞本在桌邊傳閱著，裡頭印了一張高台跳水的照片，飛躍在空中的不只是人，還有鴕鳥、馬以及其他貓科類動物，牠們爭先恐後地向下跳，等在下面的卻不是碧藍的水池，而是冒著黑煙的工廠。

那是萬能青年旅店的故鄉，河北省的石家莊，相傳是中國北方的重工業城市，生產全世界最多的青黴素。這恐怕是天底下最身不由己的搖滾劇本了，一幫混跡在二線城市的邊緣人因為長年吸食工業廢氣導致神經衰弱日子過得特別苦悶，同時還得面對他們無所適從的社會價值與精神壓迫，為了遠離家園，硬是用盡氣血逼出一張足以交代性命的作品。

如今，那張作品輾轉漂流到我的手上。

關店前主人將ＣＤ壓回塑膠外殼，要我帶回家慢慢聽，她騎著摩托車送我回寶藏巖的入口，我們穿過縱橫交錯的巷子一路向下，路燈在夜裡眨著眼睛，遺世獨立的聚落被車尾愈拋愈遠，當我回到市區的路口，剛才的遭遇就像南柯一夢。

三個月後，歌詞本上的簡體字換成了繁體字，《萬能青年旅店》正式登陸台灣，雖然比對岸晚了半年多，一樣在本地的愛樂圈掀起波瀾，一時之間，秦皇島、人民商場、河北師大附中，這些歌中提到的地點成為台灣搖滾迷朗朗上口的座標，好像人人都親身去過似的。

其實早在台版專輯上市以前，「萬青」的威名已經藉由網路傳播越過了海峽中線，引發出一種罕見的現象：這裡喜歡他們的不但是耳朵最挑剔的一群人，可能也是主體意識最強，對於「中國」兩字最敏感的一群人，是萬青的音樂太讓人折服，或者涵蓋了其他更普世的因素？

我對中國搖滾的認識，始於飛碟唱片在一九九〇年發行的電影原聲帶《火燒島》，劇中包括成龍、劉德華、洪金寶等大明星都鋃鐺入獄，和獄卒拚個你死我活。《火燒島》是當時很流行的監獄電影，風潮過了也就被淡忘了，反而是那張電影原聲帶流傳下來，尤其中國搖滾教父崔健的那首〈最後一槍〉：

不知道有多少，多少話還沒講
不知道有多少，多少歡樂沒享
不知道有多少，多少人和我一樣
不知道有多少，多少個最後一槍

前一年的六四事件仍餘波蕩漾著，這首歌出現在當時的時空背景中是有點緊張的。崔健試圖透過〈最後一槍〉反省什麼電影外的事情嗎？答案只有他本人才清楚，曲末那段磅礡的小號獨奏卻讓小學六年級的我聽得熱血沸騰，那在當時我熱愛的國語流行歌中幾乎未曾聽聞，帶著幾許悲壯的色彩。

再來便是中學階段接觸到的魔岩「中國火」系列專輯，那兩尊門神唐朝樂隊與黑豹樂隊，以及同期的「魔岩三傑」竇唯、張楚、何勇，而當中國新音樂的春天結束以後，我這代人對中國搖滾的理解就跟著斷裂了。

二〇〇〇年後對岸湧現了一批新的隊伍，一派是粗獷的土龐克，和我們不免有些距離，一派取了英文團名，用力復刻西洋樂團的曲風，萬青的出現恰恰縫補了這個斷裂點。它的確也受西洋搖滾的影響，如藍調、硬式搖滾和九〇年代的另類之聲都深深滲透到它的音樂皮下組織，不過卻非一味地複製，而是經年累月的反芻與消化後轉換成的養分。

他們的歌發散著古典的美感，常有溫潤的片刻，而歌的地基又像沉穩的山塊，沒有妥協的餘地。當兩岸的新樂團卯起來演唱英文歌詞，甚至乾脆不寫歌詞時，萬青的詞顯得格外親切，詞句文雅中見生動，以豐饒的語感描寫生活周遭的情境，字裡行間蘊含著想在夾縫中求生的欲望。

那種渴望活下去的欲望，注定要引起廣泛的迴響——人總需要在藝術創作中尋求活著的證明，你聽見了這首歌，這首歌同時也聽見了你。

二〇一二年三月，萬能青年旅店首次離開中國巡演，第一站就在台北。他們的音樂已經在此發酵了一整年，這次來訪成為眾所矚目的盛事，那時我剛加入一本音樂雜誌的編寫團隊，計劃在創刊號裡介紹他們，便與主辦單位敲了一場訪談，時間安排在他們初抵台北的下午。

根據接獲的通知，萬青下榻的地點在永和，我和同仁從市區攔了一輛計程車過去，車子一過福和橋，街景開始變得不守秩序，騎士的油門也催得比較剛猛。他們住的旅舍雖然名為某某「大飯店」，大廳裝潢得倒是像汽車旅館，配有螢光燈與各種俗麗的家具，對於他們應該是頗為新鮮的寶島景色。

忽然三個氣場不俗的漢子邁出電梯，瞅了我們一眼，他們的樣子實在太獨特了，觀光客不像觀光客，本地人不像本地人，身上有一股不知從哪個朝代遺留下來的古風，似乎還帶點煤的氣味。其中兩員理著平頭，身穿黑色皮衣，中間的那員留著蓬鬆的長髮，穿牛仔夾克，三人都神色豪邁，一副沒事勿擾的架勢。

不可能認錯，就是他們了！

我們快步追趕上去，名片連忙遞交過去，近距離接觸，三個大漢竟然有點靦腆，一問之下原來要到街上的提款機領些新台幣。我們跟在後面，看著來自遙遠北方的石家莊人此刻穿行在機車行、水果店與檳榔攤等南國場景裡，呈現一種奇異的對比。

訪談的場所是一家泡沫紅茶店，這次鼓手腳傷不便來台，坐在我們對面的是主唱董亞千、貝斯手姬賡和小號手史立。起先雙方大眼瞪小眼，氣氛略顯僵硬，待啤酒送來，忘了是誰問起剛剛從機場過來的路上見到的檳榔西施，此話題一開就討論個沒完，自然也就破冰了。

史立身材壯碩，說話時表情豐富，常有意外的笑點；姬賡的正職是河北師大的英語老師，回答起問題條理分明，萬青的詞全是他的手筆；董亞千有股滄桑的魅力，談著他的人生境遇、玩團甘苦，也談那些我們在歌裡參不透的謎與風景。

三個八〇後的青年聊得最帶勁的仍是自己的搖滾啟蒙，從打口帶上聽來的Blind Melon、Nirvana，在廣播裡遇見的趙傳和張雨生。話題最後仍不免繞回石家莊，原來在工業發達以前，小時候的家園隨處可見菜地，長大後卻因為吸入了太多毒氣導致呼吸困難，說到這，董亞千做了個哀怨的表情，惹來一陣笑聲。

一夥人走到隔壁的夜市讓攝影師拍照，正逢人來人往的晚餐時段，夜市聚集了一些圍觀的群眾，議論著這幾個從沒在電視上看過的「搖滾明星」。編輯張羅來幾樣小吃讓他們用紅白塑膠袋提在手裡充當道具，有蚵仔煎、蚵仔麵線、大腸包小腸，一喊收工三個人便忍不住邊走邊吃起來。

陪他們走回飯店的途中，我和姬賡多聊了幾句，問他終於熬出頭的感覺，他說沒什麼大不同，還是如履薄冰。

隔天晚上，寶藏巖山腳下的搖滾場館The Wall湧入爆滿的人潮，爭相目睹傳說中人物的風采，開演前觀眾的情緒已經按捺不住，猶如進到嘉年華的現場。當燈光暗下，布幕拉開，一頁歷史就在眼前，萬能青年旅店現身了！

台上是原裝團員三人，搭配代打鼓手與一名小提琴手；姬賡站在舞台側邊，沉著地彈著貝斯，史立戴了一副墨鏡，吹著洪亮又抒情的小號，那是屬於流浪者的樂器，董亞千彈得一手老練的藍調吉他，唱到高音時會把眉心緊鎖。

也許成名了，被更多人喜歡了，他們的質樸仍原封不動地保存在音樂裡，演奏時沒有花稍的技巧，不需要多餘的姿勢，憑著歌曲本身的張力撐開那面聲音的版圖。樂迷宛如預先在家排練過，跟著一字唱過一句，一首唱過下一首：大夢一場的董二千先生、如此生活三十年、他說孩子去和昨天和解吧！台上悠悠揚揚的樂聲，對應著台下真情流露的大合唱，有些無以名狀的事物確實在舞台兩端和解了。

謝幕時五人一字排開，肩搭著肩向台下鞠躬，場子裡響起浪潮般的喝采聲。當他們回到休息室，滿場人卻捨不得散，擠在出口一邊揮舞著手，一邊高喊：「萬青！萬青！」還有人激動地喊道：「再殺一次那個石家莊人！」

團員被觀眾的熱情給召喚出來，從閣樓裡探出了頭，向下揮手回禮。今夜，十萬嬉皮終於走過分割世界的橋，從彼岸到此岸，是搖滾樂帶他們來到這裡。

6. 大風吹

其實我很晚才知道草東沒有派對，雖然相較於一般「社會大眾」，我知道他們的時間點還是比較早的，不過對於曾經把「聽音樂」當成一種競賽，總是在追求最新、最沒人聽過的音樂的我，那股草東的熱潮在我的雷達範圍外延燒了許久，這件事讓我意識到了幾個深刻的事實，譬如，我可能不再年輕了。

事情發生在二〇一六年初，那是一個濕冷的雨天，新年才剛過去，每個人在跨年夜許下的心願還隨著煙火的塵埃在盆地領空懸浮著。我和台北南區一家咖啡館的主人約好會面的時間，準備替那家店寫篇報導。

若不是有任務在身，我不泡南區的咖啡館很久了，雖然大學時代也會專程騎著機車從木柵遠征到市區，去泡溫州街上的藝文咖啡館。那些咖啡館的名字時常包含一個讓人憧憬的異國，譬如挪威或是希臘，地名土裡土氣的木柵實在沒得比。我們大老遠往城裡跑，從來不單是為了那杯咖啡，而是想沾染那種只能意會、難以言說的情調，在各種藝文訊息的刺激下，梳理出自己和這座城市的關係。

點一杯便宜的熱美式（當然，不能加糖），到似乎隨時會坍塌的書架上取下一本生硬的小說假裝認真地讀，一邊注意周遭是否有文化界名人出沒，倘若鄰桌坐的是一對初次約會的男女，談話的內容保證是妙趣橫生。

「我覺得，盧貝松自從《終極追殺令》之後就沒拍過好電影了。」男生推了推眼鏡。

「你不覺得，陳珊妮從前的風格比較好聽嗎？」女生抿了抿嘴唇。

這是泡藝文咖啡館的另一個目的：竊聽流竄在圈子裡的耳語和意見，有必要輪到自己發言時，才有足夠的素材對各種當紅事物做出客觀的評價。

熱美式很快就喝乾了，小說沒讀幾頁就放回書架上換來當期的《誠品好讀》，而店裡始終播著同一張湯姆威茲的老唱片。天黑前帶著重新充飽電的精神滿足感離開挪威或是希臘，然後將公館的唱片行全部逛過一輪，返校前再到金雞園吃頓好料，一個感覺愉快的白天就這樣揮霍掉了。

時移境遷，那些啟迪了許多心靈的咖啡館有的幾經轉手，換上新的店名迎來新的顧客，有的被都市更新的怪手剷平，連遺跡都沒留下，連帶著那些略帶傳奇色彩的老闆也跟著消失無蹤。如果一代人、一代歌，其實也是一代人、一代咖啡館。

事隔多年我再度踏入南區的咖啡館，這家店位在師大旁的靜巷裡，主人是個九〇後的幹練青年（我當天才知道他原來這麼年輕），說話井井有條，腦筋也動得很快，他說有一天閒晃時發現一棟停業的藥局正在招租，當下撥了通電話給房東，兩人一陣你來我往便在租約上簽字，咖啡館就這樣開成了。

「目前的生意還行，平時我也不常在店裡，手邊還有其他幾個計畫。」

他興致勃勃地談起那些計畫，包括經營一間策展公司、承接政府的案子、協助社區營造等等，都是需要一定的專業水平才有辦法完成的事，在他說來卻頭頭是道，彷彿是個已經在職場上打滾多年的老手。我暗想，這麼說來，開一家人文咖啡館反而是他手邊的工作中最簡單的一件事。

店裡有一股溫暖的木質氣味，混合著淡淡的咖啡香，吧檯區間歇傳來奶泡機運作的聲音，每一面牆都黏滿海報與傳單，有近期上映的電影、即將到來的演唱會、實驗劇場的新作發表。學生模樣的客人廁身其間，讀著書或打著電腦，雖然室內不能抽菸了，缺少煙霧瀰漫的效果，眼前這番光景和我記憶中的南區咖啡館並無二致，除了那面「草東街」的街牌別有玄機地被擱置在牆角。

那是一面綠底白字的街牌，就像街上會看到的樣式，不仔細看很容易會忽略，一旦看見了卻又忍不住盯著它，因為，台北存在著這麼一條街嗎？它又為何會被拆卸到這裡？

「喔，那塊街牌啊！」主人對我不知道街牌背後的故事似乎略感訝異，「你聽過草東沒有派對這個新樂團嗎？這陣子很受歡迎喔！團員是我們的朋友，下個月就要發片了，我幫忙訂做一塊街牌，他們演出那天也許派得上用場。」說到這，主人指向牆上的一面黑板，我的視線跟了過去，在大事記的欄位看見粉筆寫著：

2016/2/19　草東沒有派對　醜奴兒　新專輯發表會 @ Legacy

草東沒有派對？那今天之前我的世界就沒有草東。我將這個奇怪的團名輸進手機的記事軟體，一到家連大衣都來不及脫就坐到電腦前，喚醒常駐在體內的音樂偵探，在網路上風風火火查了起來，得到初步的輪廓如下：

一、團員是一群北藝大的學生，三男一女，約二十出頭歲。

二、最早的團名是草東街派對，那時的音樂風格比較電子。

三、草東街真有其街，位在陽明山上，據說四周長滿芒草，有滑板少年出沒。

四、他們已經很出名了。

最讓我晴天霹靂的，是最後一點。我點開YouTube，有一首叫〈山海〉的歌從搜尋結果中跳了出來，以一張專輯都沒發過的標準，高達六位數的觀看次數確實高得嚇人，這裡的確有事情正在發生。

我忐忑地按下螢幕上的播放鈕，抱著不知道接下來會聽見什麼的心情準備進入陌生的國度，一如二十年前我將「台灣地下音樂檔案」的骨肉皮和濁水溪公社放入ＣＤ隨身聽的日子。我閉上眼睛，想像自己正在野地。

一陣悠長的吉他聲從遠方的山脈滑動過來，驚動了沉睡中的森林，在幽暗的深處，有個勇敢的少年試圖抵達森林的邊界，他踩著不確定的步伐茫然地尋找方向，背影在林子裡投射出一幅動人的圖像，既孤獨又驕傲，正是青春的樣態。

突然一陣地動山搖，挫敗的少年頹然一吼，化身成憤怒的樂手，他把破音效果器踩到最底，大力敲打著吉他，轟然的聲波晃動了整座森林，也來回震蕩我的身體，一股久違的悸動潮水般溢滿我的耳道，我等待這樣一個新的聲音已經太久了。

睡前我將〈山海〉重播了好幾遍，許多念頭在腦中流轉，躺在床上竟然有點失眠。為何我和年輕世代的脈動脫節了？但更深層的問題卻是，認分當個不再年輕的人，有什麼不好？

專輯發表會前我將網路上流通的草東歌曲全都聽過一輪，以一種我還不太習慣的旁觀者視角，我發現，除了流暢的曲調、出色的歌詞以及音樂中蘊含的爆發力，是那種義無反顧的態度讓他們在同輩人之間激起共鳴，彷彿要給所有虛偽的事物都狠狠踹上一腳。

可是表面上無所畏懼的生存姿態，卻是不得不的武裝，他們的內裡早已被生活的困難給壓垮，退縮在角落對抗著無奈的現實。他們是洩了氣的一代，過早洞察了成長的真相，心也跟著衰老了，開始變得漠然，變得自我否定，漸漸喪失抵抗的力氣。

其中有一首歌叫〈勇敢的人〉：

你賣光了一切，你的肝和你的肺
他們扔了你的世界，去成爲更好的人類

那廉價的眼淚就別掛在嘴邊
什麼也沒改變，什麼也不改變

從八〇年代的蓄勢待發、九〇年代的百花齊放，演變成今日對未來強烈的焦慮，搖滾樂在台灣高唱了三十年，曾被視為鼓舞社會的先鋒，它要少年們一路向前衝，永遠不回頭。如果不同的時代景觀會滋養出不同的作品，草東沒有派對唱出的當代心聲竟是那樣的消極。過去的烈火青春變成了一灘爛泥，悲觀的世代再也找不到出路，只能轉身向山裡走去。

二月十九日，冬末最後一波寒流報到，冷空氣在城區裡蔓延，公民覺醒的風潮卻尚未冷卻下來，島國剛選出了第一位女總統，政黨再次輪替了，各階層的板塊都被變動的時局牽引著、推動著，一時間人人都是異議人士，都是義正辭嚴的革命分子。

在野黨在同一次選舉中摘下社會運動的果實，首次掌握國會的多數，那些一手兜售著反抗的快感，一手高呼討伐體制的野心家即將涉入權力的遊戲。時代的大風吹起了，看戲的、演戲的，還沒入座的請快點入座。

對於公賣局的廢酒廠，改朝換代的時間來得更早。九〇年代尾聲，這座市中心的廢墟被藝術家改造成華山藝文特區，開啟一段狂歡的歲月，好多人在那裡夜夜笙歌、飲酒作樂，發現了屬於自己的黨。後來，藝文特區被資本家包裝成「文創園區」，狂熱的黨一個個消失了，換來一票拍照打卡的觀光客，排著長長的隊伍等著看一場燒錢的展覽。

而《終極追殺令》的數位修復版也在園區裡重新上映了，事後證明，它果真是盧貝松最後一部好電影。

Legacy猶如這裡最後的堡壘，一九九八年那場「華山論BAND」樂團拚場時它只是一座空蕩蕩的倉庫，如今卻傳承了過去的精神，也見證樂團文化的轉變——地下樂團終於走到了地上，正名成獨立樂團；主流與非主流的界線愈來愈模糊，廠牌的功能被網路稀釋了，這年頭，不是獨立樂團的恐怕還比較少。

我在寒風中走進園區，會場外人聲鼎沸，熱鬧得像座菸酒夜市，場內則聚集了海一般的九〇後樂迷，曾幾何時，我變成拉高演唱會觀眾平均年齡的人了。年輕的身影在台前凝聚著，熱切等待那個可以代表自己的樂團出場，同時也在同儕身上，確認自己並不孤單。

當然，他們都低頭滑著手機，交換著各種情報：

——聽說專輯今天來不及壓出來。

——聽說他們唱到一半會傳酒下來。

——聽說張懸是特別來賓！

二〇一二年，Legacy 籌劃了一系列「台灣搖滾紀事」演唱會，把當初真的在地下活動過的樂團全找了回來，包括《ㄞ國歌曲》合輯中的夾子、董事長、四分衛、花生隊長，以及同時期的 1976、Tizzy Bac、瓢蟲、廢物、賽璐璐、甜梅號、糯米糰、脫拉庫、濁水溪公社。

每一個都是讓人無比懷念的名字，全部加在一起，就是當年春天吶喊的演出名單。

這系列演唱會轟動了我的年齡層和朋友圈，九〇年代的樂團歸返了啊！每到重溫青春的夜晚，大夥先把工作或小孩丟到一旁，從衣櫃裡找回那件褪色的 T 恤，在熟悉的旋律中相認，說聲「嗨！好久不見」，然後敬對方一杯酒，敬彼此都還有心愛的人和一個搖滾樂隊。

這時場燈暗下了，草東沒有派對在粉絲的歡呼聲中出場，他們的時刻就是現在。

7. 來自火星的人

外頭的天色還是暗的，領隊已經戴好頭燈，把我們一個一個搖醒。這是一間通鋪，擠一擠能睡十多個人，這樣的房型民宿裡大約有七八間。稱這裡為「民宿」恐怕有誤導之嫌，它是媽祖廟的香客大樓，一棟山坡上的鐵皮屋，洗澡、睡覺，一晚只收你三百塊錢，對於習慣吃苦的登山客稱得上頂級享受了。

此地號稱是全台最高的媽祖廟，海拔將近兩千公尺，周遭環繞著許多百岳名山，被登山客視為行前的基地營，一座最終的補給站，而且有媽祖在旁坐鎮加持，出征前的信心指數又會提高不少。

隊員往嘴裡匆匆塞了些口糧，陸續將裝備提到樓下，一輛排氣管正呼呼冒著白煙的廂型車已經等在那裡。這是一般登山客棧常見的接駁服務，由於林道裡埋伏著險惡的地形，小客車很容易打滑，必須勞駕四輪傳動的廂型車，但光有交通工具是不夠的，得附帶一位技藝高超的駕駛師傅，他的皮膚通常被太陽曬成紅寶石的顏色，看不出實際的年齡。

我將沉甸甸的大背包搬上後車廂，還有幾名隊友蹲在車門邊打包，師傅望著即將亮開的天空，神情顯得著急，他把領隊拉到一旁，兩人嘀咕了幾句。

「大家注意！」領隊宣布，「我們十分鐘後一定得出發，師傅還要回來載下一批人。」

我趁這個空檔走到面山的高地，山坳裡的雲逐漸散開了，環山部落的形狀在薄霧中顯影。我將手機舉高，讓它接收到微弱的訊號，在臉書的塗鴉牆打了一行字：「今天是大衛鮑伊六十九歲生日。」

發文的時間約莫凌晨四點，除了早啼的雞在田埂邊巡邏，純樸的部落寂靜無聲，而山下的台灣正要從夢中醒來，慢慢地，一座城鎮醒過一座城鎮。

車子在S型的高山公路上行駛，路的兩側全是高麗菜園，一股刺鼻的農藥味在冷風中擴散，幾隻守菜園的惡狗追著車尾巴猛吠了幾聲。從這裡開到登山口還有一段路，全車只剩領隊與師傅在討論天氣，其他人都在補眠，我將夾克的拉鍊拉高，半夢半醒間有個聲音在心裡默唸著：這麼說來，鮑伊和老爸同年。

鮑伊的生日是一月八號，這日期我一直記得滿清楚，因為另一位傑出的英國人霍金博士也在這天出生。今天同樣是他的新專輯《Blackstar》的發行日，這將是鮑伊第二十五張錄音室大碟了，和他同樣在六〇年代出道至今仍屹立不搖的男歌手其實所剩不多，大概就剩巴布狄倫、尼爾楊、李歐納柯恩、保羅賽門這幾位，堪稱瀕危的物種。

選擇在生日這天推出新作，自有鮑伊的道理，對於「時機」這檔事，他向來擁有異於常人的先行者預感。在社會仍與同志為敵之時，他驕傲地宣告自己是雙性戀；在「性別跨界」這個詞彙尚未風行以前，他便將自己塑造成雌雄同體的舞台角色；在音樂錄影帶仍被視為對嘴唱歌的宣傳工具之際，他率先講究起情節與章法，把它當成音樂敘事的延伸，一種和歌迷溝通的媒介。

昨晚我在睡袋裡透過斷斷續續的訊號看完新單曲〈Lazarus〉的音樂錄影帶，歌名意指《聖經》故事中死而復生的拉撒路，整支影片潛藏著一股不祥的暗流，看得我不寒而慄。片中的鮑伊身著素淨的病服，躺在一張單人病床上，鏡頭撫過他蒼白的軀幹，放大了皮膚上的青筋與老人斑，面容憔悴的他用白紗纏住眼睛，氣若游絲地唱著：

Look up here, I’m in heaven
I’ve got scars that can’t be seen
I’ve got drama, can’t be stolen
Everybody knows me now

我很難相信眼前所看到的，是那位總是容光煥發的華麗搖滾教主，他消瘦的骨架、凹陷的雙頰，與我認知中的鮑伊簡直判若兩人，我忽然覺得，他好老了。難道這是置身在高海拔地區產生的幻覺嗎？或者，生涯如一隻浴火鳳凰不斷在自我創造的形象中幻滅又重生的鮑伊，終有老態畢露的一天？

照說，來自火星的人是不會老的，鮑伊有太多膾炙人口的歌曲都身臨其境描述他在外太空的所見所聞——〈Starman〉、〈Ziggy Stardust〉、〈Life On Mars?〉、〈Space Oddity〉，每首歌都像一篇異星生活的遊記。

科學的信徒當然會反駁，那叫「藝術家的想像力」，然而一如每個小孩都相信聖誕老人會在聖誕夜駕著雪橇來送禮，鮑伊的外星人身分我曾深信不疑。他只是來地球上「出任務」的不是嗎？來教導我們不畏世俗的眼光，成為理想中的自己。

突然「轟隆！」一聲巨響，整車人瞬間都被搖醒，車子已開過公路的盡頭，轉入崎嶇的林道，茂密的樹林取代了高麗菜園，山腰上的農舍隱沒到樹海後方，接下來就看師傅特技表演了。他氣定神閒地坐在駕駛座，憑著豐富的經驗替路況把脈，哪邊會有凹洞，哪邊土質鬆軟，哪邊可能遭遇落石，沿途的關卡他都瞭然於胸。

只見他時而退檔補油，時而猛踩油門，車子在泥濘的坡地上左彎右拐，一路往深山裡鑽，我們一邊被震得頭暈目眩，東倒西歪，直到路基愈縮愈窄，一根粗壯的倒木攔住了車頂，師傅雙手一攤，敲著方向盤說：「最多只能送你們到這裡啦！」

這時天已破曉，隊員們背包上肩，逐一跨入了登山口，開始一次艱苦的旅程。

我的登山人生剛滿一年，還在跌跌撞撞的學步階段，從理解裝備、學習戶外的知識到磨礪攀登的技巧，正一點一滴累積寶貴的經驗值。朋友們對我的轉變都很吃驚，怎麼一個喜歡待在家裡的人也三天兩頭往野外跑了？

這個問題我也思索了許久，也許我迷上的並不是登山，而是想藉由離開城市來迴避一些生活上的瓶頸；也許這片土地實在太美，我應該把握機會好好看看它；也許我想暫時切斷科技文明的宰制，雖然每每攀上制高點，仍會不由自主地掏出手機，但我始終不確定自己希望它接收到什麼。

這次攀登的山岳標高三二七二公尺，在台灣百岳中排名中段，只要事前做足了準備，並不算太困難的路線。不過登山這件事，除了個人的體能條件與地形的難易程度，天氣是最大的變因，在陽光普照或傾盆大雨中登頂，同一座山頭猶如兩個世界。

一連幾天有個雲雨帶籠罩在山頂，森林與天空都黑壓壓的，整座山脊瀰漫著陰沉的氣息。我們登頂時風強雨急，氣溫直探零度以下，大夥都凍僵了，被一波接著一波的氣旋一路趕回棲身的工寮，只能徹夜圍成一圈生火取暖，一邊烘乾淋濕的裝備，說有多狼狽就有多狼狽。

那座工寮好像命案發生過的現場，破爛的隔間、潮濕的牆板，外頭堆滿了分解不掉的垃圾，室內的地板上鼠輩橫行，隊員煮飯時老鼠就在腳邊鑽來鑽去，大夥就在這種地方過了幾天與世隔絕的日子。

終於熬到出山那天，該收拾的、該滅跡的、該遺忘在此地往後別再想起的，眾人以最快的速度處理完畢，一群山林野人穿著濕答答的衣服趕路下山，各個蓬頭垢面像是歷劫歸來。師傅已按約定好的時間把車停在倒木前，我們如見救星，拉著他說：「拜託，載我們去泡溫泉吧！」

一到溫泉地眾人立刻兵分二路，男生跳入男生池，女生跳入女生池，乳白色的泉水冒著療癒的蒸氣，勞頓的身體瞬間又舒暢了，受挫的意志也慢慢修復了，山裡的種種回想起來已像上輩子的事，大夥又興匆匆地盤算起下回的計畫。

我在池邊吹乾頭髮，回車上換好乾爽的衣物，向晚的微風徐徐吹入車窗，整個人如獲新生，這時有人喚醒了手機，文明的訊號捎來一則遲到的消息：

大衛鮑伊死了！

那一刻，我覺得整顆星球偏離了軸心，自己從座椅上浮了起來。隊友遞來手機，螢幕裡是香港《蘋果日報》的全開頭版，臉上塗著閃電妝的鮑伊閉起雙眼，斗大的新聞標題寫著「永遠先鋒　搖滾巨人殞落」。

坐在車裡，我泫然欲泣，想起了科特柯本過世時的那種感覺，我知道全球的數據纜線和無線基地台正因承載過量而瀕臨爆炸邊緣。

人類的情感關係中，喜歡上一位創作者是很奇特的經驗，你明明清楚世間有成千上萬的人和你一樣，被相同的作品給打動，卻依然相信自己從中感受到的是僅存在於你和創作者之間的私密交流，你「發現」他的時刻是那樣絕無僅有。

廂型車緩緩開出了山區，全車靜了下來，我試著回溯鮑伊在我生命中留下的點點滴滴，浮動的思緒不斷跳躍著，是高中用零用錢買下的那張《Aladdin Sane》，也是大學搖滾社的學長在社辦播的那首〈Under Pressure〉；是戰爭片《俘虜》中他和坂本龍一的對手戲，也是他在《魔王迷宮》裡那身奇幻的裝扮。

是紐約那家以他的歌為名的Rebel Rebel唱片行，也是《海盜電台》片尾的〈Let's Dance〉，就連兩張我珍愛的荒島唱片，製作人都是他——路瑞德的《Transformer》與伊吉帕普的《The Idiot》。

我驚覺，成長的過程中鮑伊無所不在，他的音樂與千變萬化的姿態早已滲透到每個生活的場域，他是少年關起房門背對世界時最懂自己的朋友，教他們擁抱自己的不同，提醒他們長大成人的各種注意事項，拯救他們搖搖欲墜的青春期。

他是在前指路的北極星，暗夜裡恆常地閃耀。

二〇一六年一月十號，鮑伊帶著每一個他扮演過的角色回到外太空了，暗自與癌症搏鬥了一年多，〈Lazarus〉是他寫給自己的輓歌，《Blackstar》則是獻給世人最後的禮物。死亡在他強大的生命力壓制下，彷彿成了一種行為藝術，一場謝幕前的告別演出。

過世的消息傳出後，各地的樂迷不再是孤獨的聆聽者，他們戴上耳機，叫出那首最愛的鮑伊歌曲，和地球另一端素未謀面的人同聲合唱起來，並且在彼此的人生旅途中指認出相似的軌跡。他們會想念那個獨一無二的歌聲，那個叛逆又性感的存在。

鮑伊出現以前，「做自己」從來不曾這麼酷過，他替未來的世代開創了一個無限可能的宇宙。返家的路上我也戴起了耳機，隊友們都熟睡著，雨在我們下山那天停了，

We can be heroes, just for one day.

SidE d

SidE d

1. 未知的喜悅

也許是時候坦承這件事了：很長一段時間，我都無法將Joy Division的音樂真正聽進心坎裡，雖然我一試再試，總缺少一個卡榫那樣「喀嚓」一聲完全咬合的時刻。我想，一開始讓我著迷的是他們的故事，而不是音樂，身為剛迷上西洋搖滾的少年，自然會被那樣的英雄傳說給吸引，雖然傳說裡的英雄並非打勝仗的人，他有個受詛咒的身體，最後走上了絕路，他名叫伊恩柯蒂斯。

Joy Division是柯蒂斯領軍的後龐克樂團，來自英國的工業城曼徹斯特，他們闖蕩樂壇的一九七〇年代，和我的音樂啟蒙年代是錯開的，當我聽見他們的時候，一切都是過去式了，那種被時間拉長的距離感，就像用望遠鏡頭拍下的照片，背景會產生朦朧的效果，原本可能難以直視的事物，因此被浪漫化了。

台灣的代理廠牌一度將他們譯成「喜悅分割合唱團」，後來才更名為「歡樂分隊」。其實「喜悅分割」並不算太離譜的譯名，他們的音樂是出了名的陰鬱、暗沉，縱有一絲喜悅閃過，很快就被分割得支離破碎。至於「歡樂分隊」則是二次大戰時納粹集中營裡被德軍當作性奴隸的慰安婦，是歷史上的一樁悲劇。

一個搖滾樂團將他者之殤當作團名，無疑是個離經叛道的舉動，而「離經叛道」與「酷」在流行文化的辭典中向來畫上等號，將詹姆斯狄恩塑造為一代酷哥的電影《養子不教誰之過》，英文片名《Rebel Without A Cause》直翻即是「無因的反叛」。酷從來不該是溫馴的、順從的，酷，是勇於造反，和世界作對，而且最好驚鴻一瞥——詹姆斯狄恩二十四歲那年在一場車禍中喪生，一生只主演過三部電影。

「我跟你說，如果酷是一種貨幣，不喜歡Joy Division的人就等著破產！」二十多年了，這句話依舊言猶在耳，說話的人是台南那家唱片行的老闆，我在校園外遇到的第一位哲學家皇帝。

他渾身流露著一股草根味，與客人聊天時總是國、台、英、日語夾雜，一年四季永遠一條破牛仔褲加上鬆鬆的樂團T恤，外頭再套上一件格子襯衫；腳下不是人字拖就是涼鞋，印象中沒看他穿過襪子。外表如此不修邊幅，他卻總能在無意之間講出一句頗富哲理的搖滾銘言。

我從沒問過他的名字，就只是稱呼他為老闆；他也從未問過我叫什麼，只是看著我書包上的校名，叫我一中的。

那是一家袖珍的店，藏身在曲折的巷弄間，樓下開了家麵攤。自從我北上讀書後，台南不斷翻新自己的樣子，唱片行的確切位置如今不好定位了，但我記得應該離鐵軌不遠，以前在裡面逛到一半，貨架常隨著呼嘯而去的火車突然震動起來。

高中那三年，我的生活就在家、學校和補習班這三點之間移動，唱片行落在三點所連成的三角形中間，開店的時間並不固定（我猜，老闆還有其他的兼職），我平時較常逛的仍是連鎖的大眾唱片與光南唱片，就連敦煌書局附設的CD區都可以逛得不亦樂乎，不過這些都比不上在老闆的店裡隨意逛個幾分鐘。

流程通常是我補完一個索然無味的習，回家前騎著單車晃過去，先在樓下吃一碗乾麵加餛飩湯，把車鎖在路燈旁，沿著屋外的鐵樓梯走上二樓，這時老闆已經聽見腳步聲了，他會預先把頭抬起，迎接我進去，接著再低下頭，繼續做自己的事。

店裡約十坪的大小，像倉庫般堆積著CD與卡帶，乍看之下沒什麼陳列的邏輯，識貨的人眼中卻是亂中有序，每張專輯都黏著老闆手寫的小卡，什麼「哥德、噪音、迷幻、緩飆、後工業、Ambient、Krautrock」，愈是看不懂的術語愈讓人心跳加快。店中央還架了一張木桌，疊放著手工樂迷誌和一些進口雜誌。

狹小的空間裡，老闆工作的區域別有洞天，有一台電腦和數據機（他時常嗶嗶嗶地不曉得連線到哪裡）、五顏六色的訂貨單、國外樂團的貼紙、一排漂亮的菸盒與一個黃銅打火機，還有從電視轉錄下來的全系列《MTV Unplugged》錄影帶——熟客租借限定。

最讓人好奇的是他身後的一只玻璃矮櫃，裡面安置了幾張「重要的」CD，像供奉神主牌似的一律封面朝外，擦拭得一塵不染，圖案包括一根鮮黃的香蕉、一面折射彩虹光的三稜鏡、一個游泳的嬰兒；離奇的是，它們彷彿某種非賣品，你鮮少會在貨架上翻到，一如鮮少會在店裡碰到其他的客人。

由於店裡的窗戶都被堆高的紙箱遮住了，逛一逛很容易忘了時間，我初來乍到的頭一年，老闆最常說的就是：「一中的，你是不是該回家了？」接著放起如雷灌耳的送客音樂。

我不確定他是不是私下擬定出一套觀察客人的標準，漸漸地，他不再催促我了，有時還會主動和我解釋小卡上的術語，譬如：「後龐克，英文Post-Punk，簡單說，就是後來發生的龐克啦！不然也可以想成，齁！龐克！」可想而知，我常常分不出他是說正經的，還是在開玩笑。

差不多在我的制服即將繡上第三條槓的時候，有一次下樓前他忽然把我叫住，鄭重其事地打開了玻璃櫃，我當下在心裡吸了好大的一口氣。那些老闆珍藏的唱片中，有一張感覺最為玄妙，封面的底色是一片黑，表層勾勒著密密麻麻的白色線條，像山巒，像海溝，也像一萬顆跳動的心同時畫下的心電圖，正是Joy Division的第一張專輯《Unknown Pleasures》。

他們的故事確實非比尋常，老闆可能怕我一時消化不良，每回講一點便要留待下回分曉。那年代還沒有維基百科，當然也沒有Google，課本外的知識不容易取得，偏偏，那樣的知識具有致命的吸引力，我只能先耐住性子，在家裡用力咀嚼《Unknown Pleasures》，那可是經典啊！我強迫自己一定要聽懂它。

我從老闆口中一點一滴串起的Joy Division簡史是這樣的：他們最早叫作Warsaw，靈感來自大衛鮑伊的一首歌。一九七六年，劇烈顛覆著英國社會的性手槍樂團到曼城演出，柯蒂斯和幾個朋友在台下深受啟發，決定共組樂團。當時他沒有拿手的樂器，但是身材高䠷，站在台上很有氣勢，正是主唱的不二人選。

柯蒂斯很早婚，十九歲就當了丈夫，在當地的人力仲介所工作，組團之前過著平凡的家庭生活。隨著Joy Division漸漸嶄露頭角，他把工作給辭了，專心當個全職樂手，有一次巡演結束從倫敦返回曼城的路上，他的癲癇症卻發作了，醫生開立的藥方暫時把症狀壓了下來，副作用卻是重度的憂鬱。

從此，癲癇像一顆藏在體內的不定時炸彈，隨時有引爆的危險，而且舞台上的閃燈會誘發癲癇的症狀，有時樂團在旁伴奏，柯蒂斯的身體會不由自主地狂亂擺動；他肩膀內縮，雙手不停畫圈，蜷曲的雙腳踩著詭異至極的舞步，像一個受苦之人試圖掙脫自己的身體。於此同時，觀眾以為那是演出的效果，在台下模仿著他。

七〇年代尾聲，樂團的事業再上層樓，柯蒂斯卻有了情婦，感情世界變得渾沌。他與妻子漸行漸遠，健康狀況也持續惡化，筆下的歌詞於是愈寫愈晦澀，歌聲是愈唱愈絕望，他的人生似乎失去了控制。

一九八〇年五月，Joy Division迎來一個重要的里程碑：他們即將前往美國巡演，首度飛越大西洋。起飛前一晚，柯蒂斯把自己鎖在家裡，在客廳看了一會兒電視，隨後播起一張伊吉帕普的唱片，站到椅子上用洗衣繩自縊了。他留下心碎的妻子，一個一歲大的女兒，和好多未知的喜悅。

團員從傷痛中站起，後來把樂團改名為New Order，成為新浪潮電子音樂的先驅，而當天錯過那班飛機的柯蒂斯，就永遠停留在二十三歲。

LOVE WILL TEAR US APART

這是他生前寫下的懺悔之歌，銘刻在他的墓碑上——愛會讓我們分離。

世間還有比這淒美的故事嗎？恐怕是不多了，相形之下，他們灰暗的音樂顯得難以親近，必須經過時間的沉澱與領悟。但我聯考前需要的是能「振奮人心」的樂曲，那顯然不會是Joy Division。

老闆並沒有放棄這個客人，在我北上前，他把一卷卡帶交到我手裡，「來，這是我自製的Joy Division精選輯，曲序重新編排過了，加了一些現場、B-Side，應該比較好入耳。對了，最後一次叫你一中的，你是要去讀哪裡？」

我將那卷卡帶塞進行李箱，它跟我進了宿舍，跟著我到處搬家，後來變成另一樣失物。卡帶入手後我其實聽不到幾次，倒是不同的生命階段，時常會想起關於Joy Division不同的事情。人在紐約時，還自己去參加了一場New Order的演唱會，站在台前聽見〈Love Will Tear Us Apart〉，覺得恍如隔世。

我上次看到老闆是在地下社會歇業前，他變胖了，髮線往後退了些，但樣子還是很帥的。他還記得我，我問他怎麼會在這裡，他說，上來喝酒，找朋友聚聚；我指著牆上那幅《Unknown Pleasures》的海報，他看了一眼，笑著點了點頭，沒再多說什麼，我卻在那一片黑色裡，看見整個青春期像一顆流星劃過。

2. 領袖

我已經把明天考試的內容複習好了，一早要穿的制服也預先掛在衣架上，平時我是不會這麼勤快的，今天是個特別的日子。

早上還在學校我就充滿了鬥志，像個虎視眈眈的拳擊手，在暗處揮舞著拳頭。升旗典禮時我國歌唱得特別來勁，數學老師問「這題聽懂了沒」我在睡成一片的同學間頭點得特別用力，體育課鬥牛投進了幾顆不可思議的外線，連補習班那個暗戀的女生都在下課前看了我一眼。

喔，今天的一切都太美妙了！我從補習班門口踩著風火輪衝回家，腎上腺素在體內飆升，鑽進地下道時我放開單車的把手，拉開嗓門唱著：

In my mind my dreams are real
Tonight, I'm a rock 'n' roll star

今夜，在那場終將實現的美夢中，我是一個搖滾巨星。

這時一列火車轟隆隆從頭頂疾馳而過，地道裡的回聲把我拉回了現實——距離大學聯考倒數九十幾天，我得先冷靜冷靜。

一進家門我用最小的音量和爸媽打了聲招呼，一個人到餐廳吃完冷掉的飯菜，速速回房間把參考書寫完，下樓時他們已經把電視機讓出來了；爸爸坐在他的寶座上喝茶看報，媽媽一邊改著學生的作文簿，一邊接聽家長打來的電話，兩人很有默契地不跟我說話，只是靜靜地和我坐在客廳裡。

或許他們也好奇兒子最近在沉迷什麼吧？也或許，他們是想陪伴兒子度過離家前最後幾個重要的時刻。

在彷彿如臨大敵的氣氛中，我把電視轉到MTV頻道，一個帶有魔力的標誌從螢幕中燦然亮起，圖案是一把典雅的木吉他，琴身印上MTV的logo，正是《MTV Unplugged》的節目標誌。這是一九九六年，還沒有YouTube更沒有Netflix，一個熱門節目在電視上首播，對閱聽人是很大的一件事。

《MTV Unplugged》是我高中時代最愛的節目，每集會邀請一組當紅樂團以原音樂器重現自己的作品，帶來一場「不插電」的演出。其實技術上來說，電還是得插的，不然麥克風要如何發出聲音呢？「不插電」是用來形容聲響的質地，聽來更加純淨，更趨近歌曲的本質。

當年節目將觸角伸向亞洲，日本的恰克與飛鳥、台灣的庾澄慶都獲邀登上國際的舞台，不過今晚的主角在我心中的地位又更崇高，當我初識搖滾的階段，他們曾讓我深深痴狂，雖然現在說出來好像不稀奇了，是的，就是Oasis。

回看當時的我，完全是為他們量身訂製的「目標聽眾」，成天讀著枯燥的書，放學後還為了頭髮的長度和制服能不能拉到褲子外面那種雞毛蒜皮的事與教官爭得面紅耳赤。青春不該是這樣的，它應該像一把燥熱的火，讓人從裡到外都燃燒起來。

那樣的聽眾顯然不只是我，更是無數散落在世界各地的少年，他們被課業與人際關係壓得喘不過氣，渴望從窒息的生活中逃跑；他們迫切需要一個救星，一個敢做敢當的代言人，能替他們說出心裡想說的，幫他們完成現在還不敢做的。

Oasis聽見那聲呼喚了，很快地，世界也聽見了他們。

主唱連恩與吉他手諾爾這對桀驁不馴的兄弟檔如果盡了什麼社會責任，便是用大搖大擺的態度解放了少年，並且鼓舞他們，不只要作夢，還要作遠大的夢，在那壯麗的夢境中，少年被比自己更巨大的東西接納了，像加入一個新的家庭，設籍在他終將造訪的精神原鄉，超越國族與地域，也包容不同的文化背景，在那裡，他自由自在地活著。

〈Live Forever〉是許多人初次愛上Oasis的歌曲，熱血歌頌了生之欲望，也釐清了「我們」與「他們」的關係：

We see things they'll never see
You and I are gonna live forever

我們，是志同道合的夥伴，置身在同一個群體中，擁有相同的信念；他們，存在於信念的反面，看不見我們所看見的，還會威脅到我們信仰的價值。他們是誰呢？教官、訓導主任、卑鄙的政客、在鄉村俱樂部讀《商業週刊》的大人，或許還包括我們的父母，那畢竟是你我最常交手的對象。

這是一種簡化後的敵我關係，不見得公平，卻很有動員力，Oasis 用篤定的語言告訴歌迷，只要同聲一氣團結在一起，我們就能擊退他們。

但空有態度還打不贏這場硬仗，Oasis 最強大的武器仍是那些無堅不摧的歌曲，幕後的主使者正是諾爾，披頭四的御用製作人喬治馬丁爵士稱讚他是「英國自藍儂與麥卡尼以來最會寫歌的人」，這番話聽在自小崇拜披頭的諾爾耳中，想必是非常美妙。

Oasis 這集「不插電」的錄影地點選在倫敦的皇家節慶音樂廳，會場精心布置著一束束氣球，陣容龐大的弦樂與管樂組安排在舞台兩側，完全符合大製作的規格。節目一開始如雷的掌聲就淹沒了現場，團員陸續從後台走出來，一個、兩個、三個、四個，咦，怎麼不見連恩？

領頭的諾爾向觀眾揮了揮手，坐上台前的高腳椅，他頓了一下，說：「各位晚安，連恩的喉嚨不太舒服，今晚就我們四個。」台下傳來一陣騷動，電視機前是一片目瞪口呆。

諾爾拿起腳邊的木吉他，低頭刷起〈Hello〉的前奏，然後將嘴巴對準麥克風，從容不迫地唱了起來。對於Oasis的歌迷來說，那聲原初的召喚是從連恩的嘴巴裡發出來的，他那種捨我其誰的唱腔，最能在作戰時帶動我方的士氣；今夜，那些曲目交給了諾爾來詮釋，歌的血脈裡少了一份霸道，卻多了深情與溫暖。

〈Morning Glory〉、〈Wonderwall〉這些光彩奪目的作品彷彿回到主人手裡，被賦予另一種深度，原來，諾爾不單是唱著Oasis的歌，更是唱著「他自己」的歌。

那連恩人呢？鏡頭赫然照到他坐在閣樓的包廂，吊兒郎當地抽著菸、喝著酒，訕笑著在台上替自己收拾善後的老哥。根據事後的報導，他當時只是在鬧脾氣，開演前一刻稱病退出，諾爾毅然將擔子扛了下來，整晚身兼主唱與吉他手，也兼第一聲部與第二聲部，扎扎實實唱了十幾首歌，挽救了一場可能的災難。自此，兄弟倆在我心中的位階調換過來。

兩人走過風風雨雨，一路脣槍舌戰，彼此之間互相需要卻又高度競爭的關係終於破裂至無法修補，二〇〇九年夏天，Oasis走入了歷史，連恩與諾爾各起爐灶，眼看再無重修舊好的可能。台灣的樂迷是幸運的，就在解散之前他們大駕光臨了這座好客的海島，我的朋友都說，他們在〈Don’t Look Back In Anger〉最後一次大合唱時掉下了眼淚，多年的等候，是何能不動容。

當他們歡聚在一起慶祝著勝利，我卻一個人待在家中，假裝沒有這件事發生。是哪裡出了問題？

那年我剛滿三十歲，屬於我的純真年代早已走遠了，生命經歷過幾次轉折，開始對過去的信仰產生認同危機，甚至刻意疏遠它們。我提醒自己各方面都要與時俱進，音樂是愈聽愈刁鑽，Oasis顯然太熱門了。另一個原因則是，他們代表的價值漸漸讓我困惑。

搖滾的感染力，往往建立在樂迷與樂團是「同一國」的基礎上，大夥在同一陣線齊聲高歌、抵禦異族，如果帶隊的領袖夜奔敵營，我軍難免一陣兵荒馬亂。Oasis很早就開啟身分轉換的程序，一九九七年英國普選落幕後，諾爾應年輕的首相布萊爾之邀到唐寧街的官邸與政商名流會面，向來率性的他換上襯衫與西裝，和上流社會的人物啜飲著葡萄酒，而那些人全是在選舉中力挺執政黨的要角。

階級的流動本是一件好事，尤其是由下往上的流動，Oasis從工人階級英雄被冊封為搖滾貴族，樂迷理應感到與有榮焉，然而，當兄弟倆揮霍無度的生活如實境節目在公眾的視野前一再播送，而專輯的製作費愈飆愈高好歌卻愈來愈少，樂迷不免擔憂，連恩與諾爾會不會成為自己曾經對抗的事物，「我們」如今變成了「他們」。

縱使如此，每當委靡不振的時候，我第一個想聽的仍是Oasis，我會在租來的公寓頂樓用很大的音量播幾首他們早期的曲目，那種漩渦似的音場，總會捲起一些沉積在心底的物質。其中一首名為〈Fade Away〉，連恩與諾爾各有一個錄音室版本，連恩的版本由喧囂的電吉他伴奏，諾爾的版本以溫潤的木吉他襯底，兩者一快一慢、一剛一柔，猶如一體雙生。

二〇一二年九月，諾爾來台進行個人演出，不久前連恩也率領自己的新樂團到台北開唱，兩人頗有互別苗頭的味道。就在諾爾登台前兩個小時，我當時工作的音樂雜誌獲得一個訪問他的機會，我和幾個報社的記者守候在一間五星級飯店的貴賓室，手心冒著汗，反覆推敲著幾個高中以來就好想問他的問題。

我告訴自己要穩住，別緊張，對那個日日夜夜聽著Oasis的少年，坐在這裡，已超過他能想像的全部。

「台北的記者就這麼多了嗎？」

一個耳熟的聲音從身後傳來，不會錯的，就是諾爾！眾人恭迎國王似地同時站了起來，諾爾請大家坐下，訪談旋即開始。他穿著一件黑皮衣，髮型就像英倫搖滾教父保羅威勒的那樣——你知道的，除了英倫搖滾巨星其他人都無法駕馭的那種髮型。

諾爾就坐在我的隔壁，一派輕鬆地聊著多雨的曼徹斯特、他摯愛的曼城足球隊，以及同樣來自曼城的Joy Division和New Order；有個記者問他，您最近都在聽什麼呢？「都是些老東西，」諾爾笑著說，「不瞞各位，我剛下樓前還在房裡聽了幾首鮑伊！」

一連串會發光的關鍵字從他口中冒了出來，如果我膽子夠大，一旦伸出手就能觸碰到他，這無疑是我人生至此最超現實的半個鐘頭。我發現他還是那個諾爾，幽默、真誠、帶著溫度，和我知道的分毫不差。

訪談旋即結束，眼看諾爾就要起身，我明白這輩子不可能再如此接近他了，不知哪來的勇氣問道：「請問，可以再問一個問題嗎？」

「Go ahead!」諾爾答應得好乾脆。

「你曾寫過一首歌叫〈Fade Away〉，我也注意到，fade away這個詞彙經常出現在你其他的歌曲中，你是單純喜歡它的聲音？還是它代表的意義？」

諾爾微微點頭，表示聽懂了，他把兩隻手合在一起。

「說起來可能有點沮喪，一切事物都在死亡的循環裡逐漸凋零，歌曲如此，地球如此，花朵也如此，一切總有盡頭，你的夢想和記憶終將逝去，我的歌在強調的一直是，青春從不回頭，要盡情把握人生，好好享受當下。」

這次諾爾真的要離開了，不遠的會場還有好多人在那裡等著他。起身前，他把頭轉了過來，「你懂我的意思嗎？」

我點點頭，也聽懂了。

3. 旅行的真相

暴風雨正在黑潭湖的上空集結著，載客的小船都被鐵鍊固定在橋墩底部，鄰近廣場上的遮陽傘也被店家收攏起來，遠看好像一根根垂頭喪氣的蕈類。

幾小時前我還被困在凱夫拉維克機場的跑道上，耐心等著塔臺發來的許可。鄰座的旅客用iPad看起了電影，我則闔上眼睛，讓幾個畫面在眼簾滑動，畫面裡有一個藍色的湖、一片在夜空舞動的綠光、一座即將結凍的瀑布，還有幾張偶然相遇的臉，我不確定何時才會再見到他們。

「女士先生，請繫好您的安全帶，我們即將起飛！」艙頂傳來機長的廣播聲，旅客們總算鬆了一口氣，不過機長的話還沒說完，「天候依然不太穩定，等等可能會遭遇亂流。」我看著翻騰擾動的天空，再見了，冰火之島。

機身騰空躍起，奮力甩開底下的凍原，不一會兒，世界只剩北極海漂來的浮冰。

雷克雅維克與哥本哈根有兩個鐘頭的時差，天黑之前我從諾里波特車站鑽出來，路面上水氣很重，黑壓壓的雲層已經降到鐘塔的位置。黑潭湖就位在車站北側，是市中心相連的三座人工湖之一，千年前，哥本哈根曾是維京人的漁村，水，始終是這座港市繁盛的泉源。

我訂妥的旅舍遠在橋的另一頭，我拎著行李快走過橋，這時風雨也整隊完畢，嘩啦啦地向地面進攻，強風把一艘艘小船拍向岸邊，也把雨水吹得更冷。我繼續快走，好讓皮下的脂肪加速燃燒，如此狼狽地掉進一座新的城市，並不是好的開場。

旅舍的標誌在迷霧中浮現出來，是一隻白色的羊，看似沒睡飽的樣子。我把門頂開，一群同樣濕透的背包客正擠在暖爐邊驅寒，他們見狀讓了個座位給我。

這裡名為「睡在天堂旅舍」（Sleep In Heaven），想必又是北歐人的黑色幽默——旅舍對面即是城裡最大的墓園，葬了許多偉大的思想家，包括存在主義之父齊克果；每到他的忌日，感受到存在危機的人都會到他墓前去確認自己存在的狀態。

這場風雨來得急也去得快，當我把身體弄乾，到櫃檯領完床單被套，雨也停了。晚上還有一場演出得看，我向員工借了把傘，轉乘幾站地鐵來到城郊，循著菸味走進一座廢棄的倉庫，台上演出的是美國樂團Wild Nothing，我累癱了，勉強聽完前兩首就窩到後面的台階上睡覺，身旁全是踩扁的啤酒罐。

隔天是農曆的立冬，我那本誠品日誌是這樣提醒我的。我披上厚外套，到交誼廳點了份三明治，報架上每家早報的頭版都是歐巴馬連任美國總統的新聞，照片裡他牽著蜜雪兒的手，笑容一如黑人牙膏的模特兒。今天是我的第一個工作日，我租了一輛腳踏車，一路騎到城南的鬧區，打算從最容易的目標開始下手。

這次來丹麥是一趟意外的旅程，一位出版界的前輩正在籌辦一本新的雜誌，計劃在創刊號報導哥本哈根的創意工作者，他得知我要去冰島，便囑咐我回程時「順路」到哥本哈根待一待，「兩國很近，你搭一班廉價航空就過去了！」前輩的魅力就在於他往往能把複雜的事物簡單化。

我從未受過專業記者的訓練，不過寫點東西、拍拍照，這些差事我應該還能勝任，而且前輩平時很照顧我，稿費又開得優渥，套一句《教父》裡的台詞：「這是一個讓人無法回絕的提案。」

前輩做事向來劍及履及，就在我出發前一晚他專程開車到我公寓的巷口遞交一盒剛印好的名片給我，那是我第一次看到雜誌的logo，「這樣，才像個合格的外派員啊！」前輩拍了拍我的肩膀。我將那盒名片連同向朋友借來的錄音筆塞進旅行袋的夾層，抱著使命必達的決心。

約訪的過程還算順利，我拜訪了幾個通過信的店家，和他們確認訪談的日期，另外還考察了幾條有意思的街巷，評估還有哪些案例值得報導。北國之冬，天黑得早，大街上過了六點就沒太多人在走動，市民都湧入溫暖的室內，不外乎酒吧、餐館、超市這幾個地方。

我將腳踏車停在湖畔，走入一間開在紅瓦屋裡的簡餐店，叫了一客義大利麵和一小瓶紅酒（這裡的酒有時候比礦泉水還便宜），當地的大學生圍在撞球檯旁邊唱歌，每個人都喝得滿醉了，領頭的那位吆喝著晚點要去夜遊。我想圖點清靜，走到戶外的長椅把紅酒喝完，對著暗藍色的湖面抽了一根菸，昨天的風雨都已沉入湖的底部。

回到旅舍我便打開電腦，準備報告今日的工作進度，結果反而是前輩先寫了封信過來，發信時間是台灣的凌晨：

德政，雜誌不辦了，你也不用工作了，就當作去玩吧，旅費我們還是會支付。詳情等你回來再說分明。

我呆坐在電腦前，當下彷彿被一道閃電擊中，腦袋裡一片反白。當我回過神來，翻開接下來的進度表，竟然還有十個整天，這段漫漫長日我是要做些什麼？

我到澡堂沖了一頓很燙的熱水澡，試著理出一些頭緒，第一，我得儘快寫信給聯絡好的店家，通知對方訪談取消。第二，雜誌社顯然不會有進帳了，旅費我得省著點用。第三，不妨把它當成一次難得的長假，我要自己隨遇而安。

接下來的日子，我重複著規律的生活內容，像個在異鄉修行的學徒：一餐接著一餐的三明治，一杯喝過一杯的黑咖啡；兩天到超市買一次水果，三天去洗衣間洗一次貼身衣物，隔夜會有一次性幻想。

花很長的時間洗澡，仔細端詳被自己糟蹋了三十多年的身體；在打烊前的餐廳補寫昨天的日記，到同一家書店的同一個角落閱讀同一本書；把每一張收據保管好，時時統計到目前為止的開銷，每天寄一張明信片給一個朋友。

天空永遠是陰沉的，日照的時數一天比一天縮短，晚上我會沿著運河散長長的步，在路燈下點燃一根新的香菸，當菸盒空了，就是飛離國境的日子。

沒有目的地的旅行、一段人生裡多出來的假期，這些都是旅行書上的文案，實情是像土耳其電影《遠方》裡說的：「旅行到最後，每個地方看起來都是一樣的。」

或許我也是一樣的？我發現自己的行為模式和二十歲獨旅時沒有太大的差異，走在路上會下意識避開人多的區域，步伐卻又被某些特定的東西給牽引，也許是一個轉角的暗示，一面招牌的氣質，或是一個路人的背影。旅途中，我還是從前的那個我。

總算盼到最後一個整天，我把房錢結清，到墓園給齊克果的墓碑鞠了個躬，穿過老城區到「上海飯店」吃了頓油油膩膩的中式buffet，然後在書店讀完保羅奧斯特的《冬季日誌》。登機前的行李我都打包好了，離開丹麥前沒有任何事還需要我操心，傍晚時分，我抵達了克里斯汀尼亞自由城（Freetown Christiania）的入口。

關於此地的傳說我還在雷克雅維克就聽其他旅人說了很多：一九七〇年代，一群嬉皮和平占領了城市外圍的人工島，他們改造荒廢的軍營，同時也土法煉鋼蓋起破屋，試圖建立一座自給自足的理想國。他們擁有自己的國歌、旗幟甚至是貨幣，有人在這裡出生，有人在這裡終老。

這樣的嬉皮公社讓世界各地的無政府主義者趨之若鶩，規模從原先的幾十人串聯為數百人的群落，眼看這幫人驅趕不走，丹麥政府姑且將它當成一場「社會實驗」，宣告自由城為自治區，只是仍需繳納水電與清潔費給市府當局。政府釋出的善意不乏經濟的考量，自由城是全市最受歡迎的觀光景點，不分晝夜總有大把的年輕人深入到城裡探險，去完成幾項他自己也說不明白的任務。

自由城因此訂出生活公約，凡入城者都得遵守：禁止攜帶武器、禁止暴力滋事、禁止私家車進入、禁止濫用海洛因等硬性毒品，而且，嚴禁攝影。我將那台跟我南征北討的相機收好，小心跨入了異次元的入口。

夜色宛如國畫裡暈開的墨，把剩餘的日光全數染黑，周遭的景物更顯朦朧，我繞著城區走了大半圈，行經蔓生的花園、一家叫作Woodstock的酒吧，以及感覺像是幼稚園和健康中心的機構，就是看不到一幅廣告看板，一點商業化的痕跡。

不過，鬼鬼祟祟的人倒是不少，尤其是在那條黑影幢幢的主街上。主街沿著一面迷幻的壁畫往外延伸，一踏上去，好多流浪漢模樣的人立刻靠了過來，問我想不想來點「那個」，他們把我帶向街邊的小攤，每一座攤子都被半透明的布幔遮住。我掀開其中一面，一股濃濃的草腥味撲鼻而來，攤商像個南美移民，打量了我幾眼。

這是所謂的「綠燈區」，不受歐盟律法的控管，可以交易大麻與形形色色的相關製品。長桌上應有盡有：剛摘下的、烘乾過的、提煉好的；種子、根莖與花。不同品種都被取了霹靂的名號，什麼丹麥國王、綠色怪物、北歐仙子，除了來客的動機較不單純，和我平常在台北逛花市其實沒有多大的不同。

攤商見我躊躇，問我要不要先來塊甜點，他指著塑膠盒內的巧克力餅乾，標籤寫道「**純手工製 獨家配方 絕妙感受**」我向他買了一片，四十克朗。

市集的盡頭是一座石板鋪成的廣場，四周環繞著一排廠房，一棟水泥屋的門口垂掛著幾串燈泡，黃光下閃動著形跡可疑的人影，走近一看，原來是間搖滾場館，牆上的節目單指出，月底有個「後搖滾之夜」，陣容是日本的Mono加上中國的惘聞，今夜則是一組新樂團DIIV，來自布魯克林。

啊，布魯克林。票口的小妹在我的手背上蓋章，我向酒保點了一杯長島冰茶，把剩下的銅板都給他當小費。離家就快滿月了，全身的關節早已不屬於我，我席地而坐，一口冰茶配著一口餅乾，這時音控竟然播起Oasis的〈Wonderwall〉，我卻有些淡定。走進這種地方，就是會聽見這種歌，巧合是可以製造的，沒什麼大不了。

我的意識仍是清醒的，體內的開關卻一下被關掉，一下被打開。樂團的金髮主唱好像科特柯本再世，那英俊的五官，血液裡更有那種孤傲的DNA，第一首歌進行不到一半，他忽然把電吉他往音箱上猛力一撞，「Shit！爛透了！重來！」鼓手向他使了個眼色，重新敲響了鼓。

這次，一切都對了。爽快的音色疊出鮮明的層次，剛結束的段落又在歌的骨骼裡再生出新的組織。我身旁的水手沉默地甩著頭，一個丹麥女孩拉著自己的影子在台前旋轉，我漸漸離開了身體的輪廓，時間慢了下來。

回到自由城的邊界，一陣寒意從湖面襲來，已經沒有公車了，從這裡走回旅舍還要一個鐘頭。我振作起精神開始橫越這座城市，路是愈走愈長，目標離我愈來愈遠。

4. 島嶼途中

大學的那幾年，每學期總有幾次返鄉的機會，寒暑假勢必是得回家一趟，回自己熟悉的地盤，重拾一段懶洋洋的生活，遇到清明或中秋那種重要節慶，我和同樣在北部讀書的姊姊也會接到南下的通知。

上個世紀末，爺爺和奶奶在高雄慶祝八十雙壽，從前他們岡山眷村的左鄰右舍全都來了，這位是秦婆婆，那位是涂伯伯，長輩們身體依然硬朗，操著各省鄉音聊著那些綠光往事，像這種隆重的場合，我們孫子輩的自然也得到場。其他便是一些臨時事件，譬如回去找一樣近期得用到的東西。

台灣其實不大，在太空人的眼裡只是一顆晶亮的彈珠，不過實際在島嶼上南來北往，遊子仍會心生一種咫尺天涯的感受，尤其當他卡在年節疏運的動線間。

台北轉運站尚未興建以前，各家客運總站都設置在火車站旁的承德路上，對面是一排託運公司，師傅會將客人要寄回南部的摩托車粗魯地往拖板車上甩，一如機場的卸貨員對待行李箱的方式。客運站裡又是另一番光景，人流回堵到鄰近的騎樓，隊伍內繃著一張張焦急的臉，每人都拎著大包小包，還得應付野雞車領班的騷擾，「喂，別等了啦！我們車上還有位，要來嗎？」

這時若有一台讓人瞬間移動的機器該有多好？走進去，按個鈕，咻的一聲就穿越時空，眼前升起一桌熱騰騰的家常菜，爸媽已經在餐廳坐定，等著為你洗塵。可惜這終究是科幻小說的情節，現實是你得先撥通電話回家，「爸媽？晚餐你和媽就先吃了吧，不用等我了。」

一九九〇年代，最省時的交通方式是搭乘國內線航班，不過票價是客運的好幾倍，以學生的經濟能力，搭飛機是很奢侈的。四年來我就搭過這麼一次，起因是五阿姨手邊有一張即將到期的折扣機票，她轉讓給我，請我過去自取。

五阿姨家在遙遠的南港，當晚我從木柵出發，全身搭載的「行動裝置」就是一只陽春的BB Call，騎著迂迴的山路在盆地外圍繞著圈子，最後總算在中央研究院附近找到五阿姨家；沒料到回程時卻誤入一條漆黑的捷徑，山坡上涼風颼颼地吹，整條路不見鄰車的影子，直到我打開遠光燈，才發現四周是一大片墓地。

登機那天，我特地穿了一條比較不破的牛仔褲，再怎麼說，搭飛機都是一件有點慎重的事情。松山機場的候機室裡有商務人士拿著大哥大在洽談公事，有西裝筆挺的男子讀著財經刊物，我彷彿闖入了某一種俱樂部。這裡顯然有階級之分，我被安排到機尾的座位，那是折扣機票的宿命。

當飛機拔高，與地面平行，兩位身穿制服的空姐推著餐車出來，由第一排開始發放餐盒。我在位置上引領張望，想像著盒子裡的東西，同一時間，台灣海峽在腳下無聲地流動。終於輪到我們這一排，那餐盒做得挺精緻，正面印有航空公司的標誌，盒裡裝了兩個統一麵包和一瓶麥香紅茶，麵包一個是奶酥、一個是紅豆，都是我愛吃的口味。

當我正要大快朵頤了，毫無預警地，飛機竟然開始下降……「感謝您的搭乘，我們即將降落，請將餐桌收好，椅背豎直。」空姐像糾察隊般從最後一排開始巡查，我只能悻悻地把餐盒帶回家了，而它肯定是不如在空中時好吃。算一算，從台北到台南的飛行時數，還不及我為了取票所花費的時間。

時間是輕輕掠過的河流，阿根廷作家波赫士是這麼說的。國內航班固然省時，卻淡化了返鄉的滋味，有時，人就得在漫長的途中才能靜下心來，好好地想一些事情，在公路上磨磨蹭蹭的長途巴士，才是學子們忠實的旅伴。

如果搭到年事已高的老車，它搖搖晃晃把人推入夢鄉，旅客熟睡時還聞到絨布座椅上的陳年氣味——男人的髮油、女人的香水、冷掉的茶葉蛋。若開來的是剛出廠的新車，人造皮革滑溜溜的觸感讓人如坐水床，旅客的屁股左滑右滑，瞌睡也打得更迷糊了。

無論老車或是新車，車上播的電影永遠是《上海灘》、《流氓大亨》那種老港片，這回你想看到哪兒都行，反正下回上了車，還是同一卷。

巴士在島嶼上慢行，窗外的景色總是單調的，鄰座的鼾聲是催眠的，腦中的思路是閒散的，司機會在全車人半夢半醒時悄悄把車開下交流道，這裡是台中的朝馬，國道客運的中途站，上廁所、抽根菸、買一盒太陽餅，等等還有一半的路程要走。

我習慣趁這個空檔到車站外頭晃一晃，去看看車水馬龍的中港路，其實我也不太清楚自己希望在路上拾撿到什麼，可能因為我寥寥可數的台中記憶，都隨著中港路展開——國小遠足時參觀過的科博館、科博館前的麥當勞。除此之外，台中是我的陌生異地，我只停靠，卻不停留。

如此過門不入了十多年，朝馬車站就等於我的台中，直到我第一部作品出版，陸續會接到來自當地的活動邀約，我的台中版圖才慢慢輻射出去：美村路、中美街、綠園道、忠信市場，我建立起比較可靠的方向感，探索的範圍向未知的地域延伸，新的回憶在腦海疊加起來，也開啟了幾段可以稱為朋友的情誼。

我發覺台中就像整座島的折衷版本，它兼容了北部的摩登以及南部的愜意，舊城區的市街浮動著一股老照片的氣息，我愈來愈喜歡這裡。

二〇一四年夏天我的第二部作品問世，這次我改搭高鐵過來，新形態的交通方式帶來了有別於以往的旅行經驗，車廂內不再播放古早的錄影帶，大人和小孩都聚精會神盯著自己的手機螢幕，彷彿一生的命運全寫在上頭，倒是冷不防仍會飄來一股茶葉蛋的味道。

七月的城，迎接著明朗的天氣，發表會在同一間書店舉行，現場冒出一些面熟的臉孔，有一對三年前穿著平克佛洛伊德T恤的情侶告訴我他們結婚了，一位當時推著嬰兒車的爸爸和已經會走路的兒子坐在一塊兒，有人大學畢業了準備開始找工作，有人離開台中又搬了回來。

走出書店的下午，我第一次有這樣的體悟，原來我和我的讀者會一起變老，我們的生命歷程，會流入同一條時間之河。

市民廣場周遭瀰漫著度假勝地的恍惚，街頭藝人的歌聲和狗的叫聲重疊在一起，北返前我到中興街的一家咖啡館消磨時間，坐著坐著，店裡播起一首委婉的歌，是雷光夏的〈我的八〇年代〉，她唱歌的方式很特別，好像在聽眾耳邊說著悄悄話，我心念一轉，忽然想回科博館看看，大概國中以後就再沒去過了。

我沿著林蔭大道走過一排洋樓，抵達路口時才發現中港路改名了，街牌硬生生被當局換上一個新的名字，這有經過中港路的同意嗎？我不禁這麼想。幸好科博館本身的變化不大，入口處圍了一群正在進行暑期教學的小朋友，調皮的男孩從這一頭追逐到另一頭，每人手裡都抓著張牙舞爪的恐龍模型。

此情此景，勾動了一些塵封的記憶，心裡有個容器被打開了，我想起小學的暑假常到台中來玩，我和姊姊、表哥會借住六阿姨家，那是一棟沒有電梯的老公寓，客廳擺了一架鋼琴，琴板上有一個紅色時鐘。

表哥總是穿著那件Fido Dido的背心，露出他瘦瘦的胳膊，姊姊嘴裡還戴著銀色的牙套。每天等姨丈下班，他會開車載我們到處去玩，今天逛玩具反斗城，明天到麥當勞買大杯的可樂，那塑膠杯上印著電影《狄克崔西》的卡通劇照。

週末我們整裝待發到科博館探險，我的膽子最小，每次都被那隻說話的恐龍嚇到，一旦穿過恐龍廳，我們一鼓作氣衝入太空劇場，三人躺在偌大的圓頂下，頭頂是一片燦爛的星空，我們安心地睡去。

悠然醒轉，我在劃過島嶼的快車上想著這些事，原來台中並不陌生，我只是忙著長大，把童年遺忘在那裡。

5. 北京二十三年

因爲感覺那裡沒有我的夢想
我一個人來到陌生的北京城
其實我最懷念藝校那段時光
可是我的老師們並不這麼想
——艾敬〈我的一九九七〉

我在十二月的第一天抵達北京，蒙古高原的冷氣團同時由北方的草原飄降到京城，地安門北側的什剎海，今晨結起了第一片冰。

時間是二〇一四年，距離艾敬歌頌的一九九七已經間隔許久，那是一首饒富自傳色彩的民謠歌曲，敘述一位芳齡十七的瀋陽姑娘隻身到北京築夢，進而嚮往更南邊的香港，她盼望一九九七快點來到，便能去香港買些漂亮的衣裳、與愛人看場午夜場，或許有一天她也能抱著吉他站上紅磡體育館。

九〇年代初期，那首歌同樣由魔岩唱片的「中國火」系列引進台灣，透過音樂頻道強力播送，副歌那句朗朗上口的「一九九七快些到吧！」一併唱出我這屆考生的心聲：一九九七正是我們揮別聯考噩夢的年份。

當年舉世都把目光聚焦在香江，七月一日零時，象徵殖民政權的米字旗徐徐降下，禮堂響起了〈天佑女王〉，在場觀禮的查爾斯王子一臉肅穆；緊接著，五星旗在另一個旗座緩緩升起，儀隊奏出〈義勇軍進行曲〉，歷史在這裡翻頁了，長達一百五十年的港英時代就此結束。

世紀大典在電視上轉播時我剛從K書中心收拾完東西，匆匆趕回家裡，隔天便是看考場的日子，該拜的神也都拜過一輪。考前最後一次總複習各科老師都強調今年一定會考與香港回歸有關的題目，不過所有考題我都在離開考場的下午就忘光了，我後來只記得，那兩天台南一直在下雨。

這次來京是為了工作，有一家北京的出版社替我的書印行了簡體版，社方邀我過來辦些活動，與當地的讀者交流。我在入境大廳見到通了兩年信的編輯小孫，過去在信件上往返的字串此刻化為一聲親切的問候，我們握了握手，他說車備好了，咱這就上路。

開車的是出版社的劉主任，他謙稱自己空閒時也兼司機，載客人轉轉繞繞。一上車小孫便遞來一袋東西，裡面有一份北京地圖、幾本旅遊指南和一張加值過的地鐵磁卡，他接著詳細說明未來一週預計會拜訪的地方、會碰面的人物。我想起自己也去機場舉過牌，接待過一些樂手和導演，我恐怕不及他一半的周到。

廂型車在冬夜裡疾馳，從機場公路一路穿過四環、三環、二環，行經東直門直抵東城區。劉主任拉開車門，僵冷的空氣立刻漫了過來，我打了個哆嗦，心想，衣服是沒帶夠了。小孫的老家在黑龍江，這點冷對他不算什麼，寒風中依然健步如飛，帶我尋覓那條胡同。

天是深墨色的，夜霧在大衣的表面留下了一層霜，我們行過一排院落，在靜謐的巷子尾發現一扇銅門，我拍了幾下，無人應答，小孫按下石牆上的對講機，一會兒有個姑娘前來應門，「您好，是要check-in的嗎？再晚來我可要下班了呀！」那姑娘裹著一件大毛衣，踩著小碎步領我們穿越庭院。

眼前是一座別致的四合院，院裡燈火通明，錯落著瓷器和工藝品，屋簷上的灰瓦排列得井然有序，以前應該是個大戶人家，如今翻修成青年旅舍，在背包客之間頗有名聲。來訪的作者通常會安排入住出版社附近的賓館，我和小孫說自己喜歡到處蒐集青旅，先讓我在此住上幾夜。

一進前廳便暖和起來，閉鎖的感官都打開了，老宅內生機盎然，與門外的蕭瑟猶如兩個天地，鮮花安插在每一個角落，空氣裡飄著淡淡的花香；門邊還養了一缸魚，水波在檯燈的映照下閃閃發光。軟墊上圍坐著幾個旅行者，正拿著吉他彈彈唱唱，我到走廊邊喝了一碗熱茶，讓茶湯沖走遠行的疲累，這時門樑上的喇叭傳來一個心事重重的聲音，咦，是Sparklehorse。

「餓了嗎，咱去吃點東西吧？」我將帶來的禦寒衣物全套上了，跟著小孫回到外頭的那座冰庫。

胡同的對街便是鼎鼎有名的愚公移山Live House，散場人潮從門口裡湧出，幾家炒栗子的攤販已經等在那裡了。沿路氣溫愈降愈低，好不容易點燃的香菸，含在嘴裡什麼滋味都沒有。我們最後在內城找到一家還開著的刀削麵館，店裡人聲鼎沸，門前放了一盆木炭讓食客烘手，紅紅的火星燒得劈里啪啦。

「吃點刀削麵可以嗎？」

「行！什麼都好。」

這館子是一家老字號，兼賣一種叫「滷煮火燒」的市井美食，只見火舌在爐灶上捲起一團熱氣，廚師邊擦著汗，邊用大勺翻動一鍋滾燙的滷汁，看得我飢餓感直線上升。來，先喝酒吧！我以作者的身分向編輯致謝，乾杯！幾杯二鍋頭下肚，背上的氣孔吐出暢快的白煙，這是我在北京的第一夜，零下八度，冷得驚心動魄。

我上回來京是一九九一年的事，全家人趁著寒假報名東北三省的旅行團，重頭戲是到哈爾濱看冰雕，回程時旅行社再安排到北京遊歷幾天。解嚴後剛開放大陸觀光，我們全家第一次一起「出國」，便去了一個和我們關係敏感的國度，不過對於十二歲的我，一切經驗都是新鮮的，無論是身上的雪衣還是手裡的台胞證，一切也都是不敏感的，我不加思索便喊開車的師傅為「大陸同胞」。

「真是抱歉，童言無忌！」媽媽一把將我拉到旁邊，師傅卻不以為意，以濃濃的口音笑著說：「小伙子，長得比你爹還高了呦！」

這回媽媽得知我將舊地重遊，從客廳的櫃子裡翻出那次旅行的照相本，再用手機翻拍給我，彷彿是要幫我恢復記憶。自從姊姊出生後，媽媽便按照年份把全家的照片整理到一冊冊的相簿裡，宛如家庭生活的編年史：

民國六七年那本，我在最後幾頁登場了；民國七六年那本，姊姊擔任儀隊的指揮在校慶時繞場；民國八二年那本，我在國中操場上跑著大隊接力，額頭綁著「必勝」的頭巾；民國九〇年那本我穿上學士服，身旁的媽媽和姊姊各捧著一束花，而再過幾年就輪到媽媽退休會的照片了。那爸爸人呢？他是我們專屬的攝影師，自然是比較少入鏡的。

每冊相簿就像一顆時空膠囊，存封了一段遠走的光陰，每回看著那些老照片，重點鮮少是背後的風景，你的視線總是被前景的人所吸引，他們瞇起的眼神，彷彿是在眺望未來的你。

照片裡我確實比爸爸還高了，幾乎都臭著一張臉，好像拍張照很為難似的。小六的我穿著飛行夾克、棉質運動長褲和人生第一雙Nike球鞋（這麼俗的穿搭現在的年輕人竟然又流行起來），面無表情地佇立在長城、天安門和頤和園前面，唯一笑開的一張是在地鐵車站裡，看來搭地鐵應該是有趣的。

二十三年，真是夠久了，當時我的五官尚未定型，一如許多後來被視為理所當然的九〇年代事件都還有千百種發展的可能：麥可喬丹也許一直去打棒球了，科特柯本說不定轉念之間就不會扣下扳機，賈伯斯可能不會重返蘋果上演王子復仇記，而《一九九五閏八月》散播的恐慌預言也許可以早一點被人戳破。

兩岸長期的政治對抗，導致相互的理解總是流於淺薄，其內容通常也是曲解的。錯綜複雜的歷史淵源被各自的掌權者詮釋為鞏固統治基礎的敘事，美化與醜化雙向進行，再將帶著敵意的觀點寫入各自的教科書，成為讓人生厭的考題。

我的求學年代，校園裡還看不到陸生，反倒是「保密防諜，人人有責」的警語怵目驚心地油漆在司令台兩側。時不時便有神奇的「反共義士」駕著米格機投奔自由，他們在國人眼前領取沉甸甸的金條，然後被塑造成鼓舞民心士氣的傳說。隔著一灣海峽，那個和我們慶祝著相同節日的鄰國，面貌卻是如此的模糊，這裡所接收到的永遠是碎裂的訊息，而且存在著時間差。

對岸的地下搖滾人是做怎樣的打扮？它們垮掉的一代生活在哪裡？無產階級龐克的聲音美學是趨向何種狀態？網路時代以前各個答案成謎，台灣的樂迷因此鍛鍊出特別發達的想像力，想像神州大地的某處，也有一個羅大佑、一個伍佰、一組濁水溪公社、一本《搖滾客》雜誌，以及幾處類似地下社會的場所。

總會有些對照組的不是嗎？無論如何，躁動的青年都需要一個宣洩的出口，一樣能和社會對話的工具。物質條件愈是匱乏，生存空間愈是緊縮，往往愈能激發出搖滾的底氣，北京做為中國搖滾之都，如今還接納了多少嬉皮、浪人和酒徒在自己的懷抱裡？

「哎呀，早就過了，咱北京沒從前好玩啦，你來晚了！」又是一個凍寒的夜，我遭到整桌人當頭棒喝。那是一家頗具格調的湘菜館，店裡布置得很典雅，會播放 The xx 那種潮流音樂，主人說她常跑台北，特愛民生社區。其實像這種「氣味很台北」的地方北京還真不少，798 藝術區的咖啡館每家都開得有板有眼，三里屯的精品店來往著時髦的小資階級。

所謂「神祕古國」的概念早就不適用了，如果真有一段「窮困潦倒卻精神富足的時光」，他們告訴我，也隨著二〇〇八年的奧運一去不返。在此之前，京城還流竄著一幫造反分子，當奧運結束後，整座城市累了、疲了，青年在一夕之間學會世故，嬉皮商務化了，浪人安頓下來，酒徒開始吃素喝茶，還每天早起打太極拳養生。

我在飯局中得知，寫下九〇年代那本頹廢小說《晃晃悠悠》的作者石康，現在是通俗電視劇的金牌編劇；艾敬到紐約當了畫家，後來應香港旅遊發展局的邀請，把〈我的一九九七〉改編成新歌〈我的一九九七和二〇〇七〉，以慶祝回歸十年，當初的真切情懷如今染上一抹政治宣傳的色彩。

「但，怎麼說呢，你也不能太 judge 他們唄！」同桌的民謠歌手吐了一口中南海濃菸，「畢竟，成功人士都得在某個階段華麗轉身的呀。」

或許我真的來晚了，或許「愈窮愈搖滾」終究是一種迷思，不過現下的北京依然存在著一批理想主義者，試著在無聊的地方縱點火，搞些名堂出來。我跟著他們混江湖酒吧、聽京片子饒舌電子樂，學他們大口吃涮羊肉、大口喝燕京鮮啤。鼓樓東大街是我們胡思亂想的基地，我在一排不眠的酒館裡，聽著他們用聲勢浩大的語言談論宇宙。

席間還出現了萬能青年旅店的唱片設計師阮千瑞，是個性格藝術家，也是手法老練的竊賊，原來封面的黑色毛筆字是取自毛澤東的書法，「那是一次完美的盜竊。」他得意地說。幾天以後，我在南鑼鼓巷看到賣給觀光客的搪瓷杯上印有這樣一個對句：「毛主席與搖滾萬歲，蔣公與小清新永存。」

喏，這不就是如假包換的文創頭腦嗎？

美國作家蘇珊桑塔格在她的短篇小說〈沒有嚮導的旅程〉（Unguided Tour）裡這麼寫道：「你儘管在時間裡等候，當現在變成了過去，你將明白，那時的我們是多麼的快樂。」

有機會翻牆上臉書，我會向家人報告此行發生的種種，媽媽一直很關心我有沒有舊地重遊，我說，長城、紫禁城這回大概沒時間去了，倒是好好搭了幾回地鐵，身旁的北京市民在車廂內終於可以脫下口罩。

返回機場的上午，劉主任把車開到出版社門口，替我將變重的行李箱搬上車去。當日陽光正好，氣溫似乎回暖了，也可能只是我習慣了。廂型車在湛藍的晴天下奔馳，我盯著手機裡的全家福，二十多年前的北京街頭，姊姊披著一條大圍巾，媽媽把頭髮燙捲了，難得入鏡的爸爸穿著一件灰色夾克，笑得有些靦腆，再過幾年，我的年紀就要追上他了。

6. 我們的黨

我在一個冷寂的早晨，得知妳離開的消息。

我坐在床邊，回想上次和妳見面的時間、地點，腦中一片空白。我接著想，上次和妳通信是什麼時候？完全想不起來。

妳的塗鴉牆已經堆滿朋友們悼念的語句，有些是我認識的人，多半卻是不熟悉的名字。我倆畢竟不是同一個圈子裡的人了，好像這樣也很久了。

查詢臉書的通聯紀錄，發現妳我未曾通過信，這年頭，連我媽偶爾都會發來一封站內信了，兩個從未在臉書上通過信的人，還稱得上朋友嗎？

我發現手機裡也沒有妳的電話，更沒有那些讓人分心的即時通訊帳號，我們友誼存在的證明，只剩下那個虛擬的場域。

二月的空氣冷得像會螫人，我蜷縮在棉被裡，把頭垂了下來，原來，時間真的會沖淡一切，我們一生所經歷的都是幻覺。

消息是H告訴我的，我們從前是聽音樂的三人幫，是一起練功、鑽研的夥伴，總是有聊不完的話題和辯不完的看法，雖然誰也說服不了誰，內心都很珍視彼此的陪伴，因為獨自喜歡那些東西實在太寂寞了。你們會到火車站旁邊的唱片行探我的班，蹲在「西洋另類」的貨架前尋寶，我會興奮地推薦你們新到店的CD。

我們無視其他客人聊得欲罷不能，直到我開始拖地，唱片行的鐵門都拉了下來。有一回店長把我叫進員工休息室，正色地說：「可不可以請你那兩個朋友等你下班後再來找你？我們還是得做生意啊！」

大學畢業後我和H在同一天入伍，兩個人都抽到屏東的野戰單位，他是傘兵，我則去開戰車。就像說好似的，我們入伍的那天妳也搭上飛往英國的班機，從此，三人幫只能在網路上聚會。這些年我和H的聯絡也少了，上回碰到他是香港的Stone Roses演唱會，我們在開演前倉促地碰了幾分鐘，感覺也生疏了。

對了，妳偶爾還會聽聽Stone Roses嗎？石玫瑰樂團，我們曾經的最愛。

我到書桌前叫醒電腦，和過去十多年一樣，用口訣ptt.cc叫出那個眾聲雜沓的黑盒子，在反白的欄位輸入自己的ＩＤ；系統提醒我，今天是第五千五百次上站了，聽說新來的使用者都稱呼我們為「神獸」，其實，我們不過是出生得比較早，在這座位元城市，妳我都是一個浮游的代號。

自從辭去了板主，我已將那個看板從「我的最愛」清單裡移除，一晃眼七年不曾拜訪它了。我在龐雜的分類目錄中反覆搜索，像個掘井之人，一層一層向下開挖，試著找回那條遺失的路徑，最後總算在Music_Area的選單裡發現了它。造化弄人，我們最初是在這裡相遇，最終也是妳讓我回到這裡。

幾乎需要鼓起勇氣，我點進去了，板上一片靜悄悄的，野草叢生的售票文蓋過了稀稀疏疏的討論串，發文者全是陌生的ＩＤ，沒有人提到妳離開的事情。

我還清楚記得從前的光景，板面上熙來攘往，好不熱鬧，匯聚著各種怪咖、音樂學家與好戰分子，久而久之屯積了一些恩怨，也惹來無謂的是非，是妳我相繼遠離的原因。但無論如何，這裡曾是我們青春的寄託，我們悉心呵護著，辛勤灌溉著，以為那樣的榮景可以天長地久。

現在園地乾枯了，黨徒也各奔東西，我們的過往還會留存在哪裡呢？我想起那個塵封的信箱，我祈禱所有的信件都還留著。

我的站內信箱早就塞滿了，最後一封停在二〇一一年，自此無法再收；反正大夥也不在這裡寫信了。我好久好久不曾打開這個信箱，我知道那古老的空間裡徘徊著太多過去的幽靈，有些會讓你眷戀不休，有些卻讓你感嘆生命現實。

一共有四百多封，我一封封向上回溯，眼前閃過一個個似曾相識的ＩＤ，一條條恍如昨日的信件標題，最早的一封日期是一九九九年十月，發信者的暱稱為「垂死堅持全部消失」，他（或是她）問我暑假在英國有沒有看到Offspring或Nine Inch Nails的現場，要我多寫一點。

那時我剛從英國的音樂祭朝聖回來，又驚又喜地找到了這個板，厚著臉皮寫了一篇長長的心得文，是我初次在網路上發表文章。這麼說來，「垂死堅持全部消失」的來信，是我寫作生涯收到的第一篇讀者迴響。

再來便是妳的信了，那是一則通告，發信日為一九九九年十二月三十一日，妳祝板友們新年快樂，來年心想事成；來年就是魔幻的千禧年了，妳捎來的板聚通告跟著密集起來，我重新溫習著板友們的代號，可真是臥虎藏龍：

Liam, Noel, Edge, Daysleeper, diamondsea, Pavement, Superchunk, Cure, maryjane . . .

當時仍是撥接上網的年代，同時上站的人數不過幾百，幾乎每個人都可以註冊到夢幻的ID，我們的板友中不只Oasis的兄弟檔都到齊了，還有U2的吉他手、一首R.E.M.的歌、一首Sonic Youth的歌、幾個九〇年代的經典樂團和一根大麻菸。

這些ID是我們的接頭暗號，用來提醒同好：「嘿！我在這裡。」妳熱心舉辦了一場又一場的板聚，讓大夥有機會進一步認識，畢竟每天在板上過招，時日久了自然會想看一看對方在真實世界裡的樣子。

通常是十到十五人的組合，場地借用誰的親戚家或是朋友的朋友家，哪怕多偏僻的市郊公寓、多隱密的地下室，有心參加的人一定會準時出現。有一次場地臨時出了一點狀況，直到板聚前一刻才通知更換地點，簡直像在參加什麼祕密組織的集會。

回想起來實在挺奇妙的，一群社交指數都很薄弱的離群者，平時對系上家聚或校友會的活動都避之唯恐不及，卻為了想認識幾個同類，聚在這邊自我介紹：大家好！我的ID是A、本名是B、來自C學校、最喜歡的樂團是D……好，換下一位上來自我介紹！

幸好這種尷尬的場面很快就會熱絡起來，一旦播起共同熱愛的音樂，我們就是小島上最投緣的知音。

板友甲帶來一卷The Verve的絕版錄影帶，板友乙拿出她加入Blur歌迷俱樂部獲贈的會刊，板友丙貢獻了一片Suede的盜錄實況，畫質恐怖到不行，大夥擠在昏暗的小客廳依然看得入迷。而平日從不發文的板友丁，默默掏出一套New Order的單曲大全集，引來圍觀與驚呼，其實我們都很清楚，這些收藏恐怕都是全台唯一。

當影音時間告一段落，就進入自由交流的時段，有人擺起二手CD市集，強調「每張都可試聽」，有人發起國外網站的團購活動，有人拿出一疊「懇請Radiohead來台演出」的連署單，還有人天外飛來一筆放起《南方公園》的VCD，而每次板聚結束後，一定是相約下次要一起去逛唱片行。

不知道當時有沒有人發覺，我們短暫地創造出一個屬於我們的理想國，在不知不覺間實現了Pulp那首〈Disco 2000〉裡的許諾：

Let's all meet up in the year 2000

升上大四後，直爽的英式搖滾不再能滿足我們被養大的胃口，我們常在2.31咖啡館聚會，學著用圈內人的術語談論音樂，然後再殺到台大對面的誠品音樂館敗家。那段時期三人幫同步迷上了後搖滾，印象中我的第一張 Sigur Rós 就是妳借我的。

當我還沉溺在後搖滾的暗黑次元，妳又往前走了，開始大量轉寄銳舞派對的訊息：和平西路的@Live、陽明山馬槽、基隆和平島，電子音樂終究成了妳的依歸。

我一封接著一封翻閱妳的信函，妳的形象在字裡行間又鮮活起來。每隔幾週妳就會更換暱稱，以反應妳當下的喜好：「Trainspotting」、「是不是少了什麼」，有一回妳將暱稱改為「If You Were Here」，那是瑞典樂團 Kent 的一首歌，妳在寫給我的信中是這樣描述他們的音樂：一劑燦爛又憂傷的猛藥。

是了，燦爛又憂傷，也是妳看人的眼神。

二〇〇一年夏天，Yo La Tengo 初次到台灣演出，在板友 Q 的安排下，我們和 H 在野台開唱前夕得到一個訪問他們的機會，一群人圍坐在飯店的大廳，我緊張地只顧點頭，身旁的妳用流利的英文應對自如，順利地達成任務。

那年初秋，就在三人幫分別入伍與出國留學的清晨，妳寄了一封告別信給我們：

> 近三年的情誼，感覺就像要劃上一個句點了。
> 希望不管是兩年或四年後，我們對音樂都還是充滿熱忱，而且能繼續這樣交流，做聊音樂的好朋友……

我剛下部隊的日子，每當在大武山腳下站夜哨時，總會憶起那兩年的點點滴滴，憶起我們許下的約定——要一直聽音樂到很老，要變成自己喜歡的大人，要在各自的領域闖出一片天。

妳到英國的第一年，我感覺妳離我並不遙遠，放假時還會收到妳寄來的小東西，妳也樂於在板上分享異鄉的見聞；那時Stone Roses尚未重組，妳去看了一場致敬樂團的演出，妳說台上的四人就跟原版的打扮得一模一樣，當第一首歌的前奏響起，妳已熱淚盈眶。

第二年後，我們往來的信件漸漸少了，妳的近況不再更新，一度好幾個月不曾上站，最終被撤銷板主的資格，我接下了妳的空缺。妳回國後的發展我都是透過共同的朋友們得知，他們說妳搬到都蘭定居，在鐵花村當音控，成為一名聲音藝術的創作者。

我們的友誼至此，像一條靜止的河，歷經漫長的冬季，河面結起了冰，但我相信河的底部仍有暖流通過，在我偶然見到妳的時候，在地下社會、聖界、The Wall，我們擦身而過，心裡積了許多感受，想說的話都卡在嘴裡，只是默默交換一個「你還在」的安定眼神，就讓暖流在我們之間通過。

我希望妳能原諒我這個不及格的老朋友，去年夏天我到台東，理應去都蘭找妳，和妳好好抽一根菸、喝幾杯酒，聊聊那些我們痴迷過的音樂，縫補這三十多年的生活在彼此身上留下的傷口。如今，我一部分的青春，也隨妳消逝了。

大學畢業前，妳轉貼了一篇Joy Division的歌詞中譯給我，那首歌叫〈Decades〉，妳在信末下了一段注解：

死亡不斷地召喚著 無所謂地召喚著
年輕人 走投無路的年輕人 你要去哪裡
有哪裡可以去

此刻在我湧現的回憶中，最鮮明的一幕是那年的春天吶喊，我在會場拍完濁水溪公社，走到海邊的民宿找妳聊天，院子裡的人都化作了酒神，在營火邊狂歡起舞，妳卻安靜地坐在角落，手裡抱著裝滿CD的鞋盒，用耳機聽著心愛的Slowdive。

妳抬頭看向了我，什麼話也沒有說，或許，什麼都不必說了，妳用眼神告訴我，妳聽見了宇宙裡最驚人的祕密。

安智，再見。

7. 選擇一個人生

小宇是我的第一個偶像。

我在十三歲那年認識他，在那之前也有過其他崇拜的對象——國語流行歌手、香港來的電影明星、兄弟象隊的第三棒，都是一些日常生活中不會接觸到的人物。

雖然也很嚮往能去參加一次《週末派》或《ＴＶ新秀爭霸戰》的節目錄影，偏偏電視台都在北部，而小虎隊的貨櫃巡演南下時也忘了什麼原因沒有去，只是在事後把吳奇隆後空翻的照片剪下來，收進我的剪報本裡。

職棒開打的那年，爸爸帶我到市立棒球場看熱鬧的獅象大戰，只見身穿33號黃衫的選手像一隻蝴蝶漫舞在左外野的草皮上，與我之間卻隔著一道明確的界線，那是場內與場外的分野。可以說，國中以前我崇拜的對象都是遙不可及的，直到小宇降落在我生活的現場。

他在國一下學期轉學到隔壁班，立刻在我們這屆的男生班與女生班都引起騷動，消息（有時是錯誤的消息）傳得很快，大家在掃地時間竊竊私語著：

「聽說是台北下來的喔！獨生子，家裡很有錢。」男生抱著嫉妒的口吻。

「好高、好帥，又會打籃球！」女生使用仰慕的語調。

我們是如何變熟的，過程已不可考了，他轉學過來不久我們就開始稱兄道弟，而他火速成為校園裡的風雲人物。

小宇比我還高幾公分，身材像一根剛削好的竹竿，小腿細長而結實，是天生的籃球好手。他到處招兵買馬，串聯了一幫愛打球的哥兒們，大夥自稱夢幻隊，他則自封夢幻隊隊長，絕技是上籃時一定要在人堆中左扭右扭再拉竿打板，即使前方無人防守也不願完成一個簡單的單手上籃。

對他來說，打球就是要帥！進不進球倒是其次，這是我從他身上學到的第一件事：事物的觀賞性和實用性一樣重要。

他在保守的南部校園率先穿起喬丹鞋，還是流川楓的配色，所到之處無不引來同學羨慕的眼光與師長們的關注，因為校規裡注明了，上學一定得穿全白的運動鞋。或許他身上有一股不容侵犯的傲氣，或許關於他背景的傳聞全是真的，無論小宇多麼鋒芒畢露，從訓導主任到放牛班的老大，沒有人敢動他。

以當時流行的日本漫畫審美標準，小宇並不算典型的帥哥，他蒼白的臉上掛著一副大框眼鏡，厚厚的鏡片底下有幾粒剛冒出來的青春痘，外形幾乎有一點「宅」，卻無損他的吸引力。他就像一顆發熱的恆星，周圍環繞著隨他轉動的衛星，平時能跟在他身邊，就是讓人覺得很有面子。

小宇對很多事物都有獨到的看法，無論騎車的時候、鬥牛的空檔，或是放學後到電動玩具間打一場《NBA Jam》（一款可以從中場起跳灌籃的瘋狂遊戲），他那張嘴永遠停不下來，喋喋不休地評論這個、數落那個。每當他又發表完一番高見，我常在心裡暗叫：「該死！真希望是我先說的。」

但我漸漸發覺，雖然他看什麼都不太順眼，最愛挖苦的對象其實是他自己，而且女生很吃這一套，往往他的話還說不到一半，她們就笑得花枝亂顫了。日後我才明白，那是自嘲的魅力。

國三重新分班，暑假結束前我到教務處的布告欄查看分班的結果，赫然在新的班級分配表上看見我們編在同一班。站在長廊的盡頭，我油然而生了一種心願成真的感受，那時我才知道，自己對這份友誼是這麼的在意。

我倆終於同班了，他就坐在我的隔壁，每天朝夕相處，我各方面受他的影響都更深，開始模仿他的語氣和思考方式，甚至是筆跡（小宇寫了一手漂亮的字）；來到多愁善感的年紀，也學他寫起了新詩，試著投稿《南市青年》。

兩人形影不離，成為合作無間的最佳拍檔，球場上他是流川，我是三井；《快打旋風》裡他是隆，我是肯；泡在他房間聽唱片時，他是藍儂，我是麥卡尼。

小宇的房間宛如一個通向未知世界的入口，集合了各種瑰麗的物質：這裡堆著一疊藝術電影的錄影帶，那裡立著一排另類搖滾的CD；書架上躺著村上龍和村上春樹的小說，他那本《挪威的森林》甚至不是時報的譯本，時間比那還要更早。早在文藝青年這四個字尚未變成罵人的髒話以前，小宇是一個真真正正的文藝青年。

我會坐在地板上讀他的《球迷唐諾看球》和《音樂文字》，一邊聽他的The Smiths唱片；他要不是躺在沙發上打著SEGA電玩，就是第N次重看那卷一九九二年的NBA明星賽，興致來了，我們還會討論最新一集的《談笑書聲》，爭論是張大春講得好，還是楊照說得有理，真希望這時我們中間也能擺上一只沙漏。

我過去從未有過這樣的感覺，每當待在他的房間，被那些東西給包圍著，我覺得自己好像被知道了，被理解了。

小宇的衣服上偶爾會有淡淡的菸味，可是從沒在我面前抽過菸，他父母的職業我也一概不清楚，隨著相處的時間變多，我更加察覺到彼此心靈深處的距離，好像很難開誠布公地聊些什麼，尤其關於他的家庭，那些傳聞的真假，他總是冷冷地帶過，久了我也就避免再提。

還有，他究竟是從哪裡認識那些東西的？那些塞滿整個房間的書、電影和音樂，他知識的源頭到底在哪裡？我也從未過問。超齡的心智加上早熟的藝術品味，讓他在某些時刻顯得難以親近，國中畢業以前，我最要好的死黨仍是一個謎樣的少年。

小宇的身體並不好，國三下學期時常請病假，連續幾天不見蹤影是常有的事。起先我會把他抽屜裡的空白考卷捲起來，回家途中丟入他家的信箱，後來我想通了，他病的不是身體，而是心理，他根本就厭惡學校這樣的地方，厭惡在升學主義之下只因為差了幾分就把學生的屁股打得皮開肉綻的變態老師。

他厭惡我們的青春就這樣被消磨殆盡。

畢業典禮那天，小宇總算出現了，大禮堂內坐滿了憂心忡忡的畢業生，他卻一派悠閒，一直問我有沒有收聽李宗盛最新一集的《音樂人》、有沒有收看MTV新一季的《The Real World》，還說他超期待下個月就要開打的溫布敦網球賽。面對聯考，他一點壓力也沒有。

放榜後夢幻隊的隊員分散在各所高校，小宇去讀一間社區的私中，每到週末，大夥仍會相約回國中的球場球聚，我也一有機會就往他家跑，雖然班上的新同學各個都好優秀，立志要考取北部最好的大學，和他們相處時，卻沒人可以給我那種靈光乍現的感覺。

小宇的知識系統也隨著年齡升級了，開始聽ECM和武滿徹的音樂，研究起蔡明亮和寺山修司的電影。我被他愈甩愈遠了，只能提醒自己先別著急，每次能從他那裡借回幾本《影響》和《非古典》雜誌，或許再追加一卷他從Sun Movie電影台側錄的《愛在黎明破曉時》，我已經覺得好滿足。

一九九六年十一月的晚上，小宇約我去看剛上映的《猜火車》，升高三後我們見面的頻率變少了，那天是我一星期中唯一不用補習的夜晚。小宇滿十八歲了，騎摩托車不用再躲警察，他把他的50cc迪奧騎到我學校的側門，等著我放學。

「坐穩了，走嘍！」

小宇單手催著油門，載著我在市區的小路間鑽來鑽去，那時騎摩托車還不用戴安全帽，我從後照鏡看著他的臉，不知何時，他的臉頰上長出剛毅的線條，下巴有蔓延的鬍根，已經是一張大人的臉。黃昏的風吹來他衣領上的味道，我想起那個房間。

我們繞過民生綠園，把車停在國花戲院門口，小宇秀出身分證，向票口的阿姨買了兩張學生票，我們捧著可樂和爆米花走進放映廳，裡面半個人都沒有，小宇選了中間那排最中間的位置，我跟在後面。

直到預告片尾聲才有人推門進來，一看是對老外，兩人嘻嘻哈哈地彷彿要來參加什麼派對，一坐下就把啤酒環拉開，唏哩呼嚕喝了起來，這時場燈暗下，身後響起一陣急促的腳步聲，兩個亡命之徒開始在銀幕上狂奔，一個口音濃重的男子連珠炮般說道：

> Choose life. Choose a job. Choose a career. Choose a family. Choose a fucking big television. Choose washing machines, cars, compact disc players and electrical tin openers…
>
> Choose your future. Choose life.

他說的每個字都化為一枝箭，把我牢牢釘在椅子上。活了十七年，我壓根沒想過「選擇」這件事，人生的每步路都是爸媽替我安排好的——上才藝班、課後到老師家補習，一切按部就班只為了考上第一志願，但然後呢？難道只要會讀書，未來就會一帆風順？

更殘酷的是，依照那男子的說法，人生不論是單選、複選或消極地不去選擇，下場無非是「整個人腐爛到底在悲慘的家裡生一堆自私的混蛋小孩煩死自己」。靠！他好像就在說我，我就是那個父母給了自己那麼多依然在心裡埋怨他們的混蛋小孩。

光是開場白本身已讓我聽得心跳加速，背景還襯著一首鼓動的搖滾歌曲，主唱用一種挑釁的口吻嚼著嘴裡的歌詞，小宇沒聽幾句就轉過頭來說：「喔，是伊吉帕普的〈Lust For Life〉，我有啦，下次借你！」

銀幕上的兩個無賴一路甩開警察的追趕，跑進一間破爛的空屋，他們用陶醉的表情把針頭插入自己渾濁的血管，海洛因讓他們飛天了，可是當現實襲來，他們瞬間又墜落到地獄。

《猜火車》的劇情故事發生在蘇格蘭的愛丁堡，懶蛋、屎霸、卑鄙、變態男是那幫街頭混混的名字，他們滿口粗俗的方言，動不動就和人拳腳相向，成天以挑戰社會的禁忌為樂，嗑藥、盜竊、偷窺，他們沒在怕的。

我崇尚那種邊緣生活嗎？應該不，我將來想過好的日子；我認同他們的行徑嗎？倒也未必，我心中仍有一把道德的量尺，但隨著情節的推展，我那僵化的思想中樞卻開始鬆動了，原來，並非每件事都得按照體制規定的去做、去想，不妨保留一點彈性，我也深刻感受到性、藥物和搖滾樂，這三者之間微妙的關係。

那是我初次看見同齡女孩一絲不掛的裸體，當她們和男主角一邊看錄影帶一邊做愛的時候、因為藥物狂喜的時候、又因為藥退了陷入深深憂鬱的時候，不同情境配上不同的歌曲，全是我們超愛的英倫搖滾和電子音樂——New Order、Primal Scream、Underworld。

每當銀幕上又出現什麼勁爆的橋段，前排的老外就會大聲叫好，我們也跟著拍手鼓譟，恨不得把平日壓抑的情緒一次宣洩出來。當劇中人同步高潮的那一刻，我們鬱積的荷爾蒙也劃破黑漆的空氣一起射了出去；持續的視覺刺激加上聽覺轟炸，我的感官被徹底解放了，那是我的第一次迷幻體驗。

回到戲院一樓，我和小宇彷彿剛歷經了一場震撼教育，亢奮地討論著劇情，討論那首超屌的片尾曲，並且約定兩人未來要一起去倫敦，就像電影的結局。

隔年我北上讀書，小宇到南部的偏鄉讀一所技術學院，也在地方電台主持一個叫《小綠洲》的音樂節目，我是名義上的共同主持人，寒暑假回台南都會被他拉進錄音室預錄存檔。以他的說法，節目播的都是我們危急欲墜之時救過我們的音樂——Morrissey、Everything But The Girl、陳昇、林強。至於那節目究竟有沒有人在聽，他從不在意。

我在台北的日子，他偶爾會寄張卡片過來交代近況，或是神祕兮兮地寄一些女歌手走光的照片給我。他總是在奇怪的時間打公用電話過來，沒講幾句就匆匆掛斷，我知道他有話想說，卻不知從何說起，那些沉默的分秒，我會聽見風往話筒裡吹，聽見省道上沙石車呼嘯而過的聲音，聽見他的鬱悶。

升大三的暑假，我們約好在倫敦會合，當我抵達青年旅舍，卻收到他的電子郵件，說他沒辦法來了，要我好好享受音樂祭。

前夜祭的晚上，我闖入了一場歡迎派對，台上的ＤＪ把《猜火車》的歌幾乎播了一輪，我和好多陌生人擠在大帳篷裡喝酒跳舞，覺得好快樂又好寂寞，腦海不時浮現出小宇在球場上意氣風發的樣子、我們一起孵過的白日夢、他替我點亮的啟蒙之光。

若不是他，我當時不會站在那頂帳篷裡，我也不會是現在的我。

我們上次碰面已經是好多年以前，時間久到我現在的朋友已經無人聽我提起過他，不同的命運，把彼此的生活愈推愈遠，但我始終記得《猜火車》裡的那句台詞：

He had a great lust for life.

他曾經擁有對美好生命的渴望。

但願如今的我們，都選擇了自己想要的人生。

THE LONG GOODBYE

Volume 2 2003 — 2016

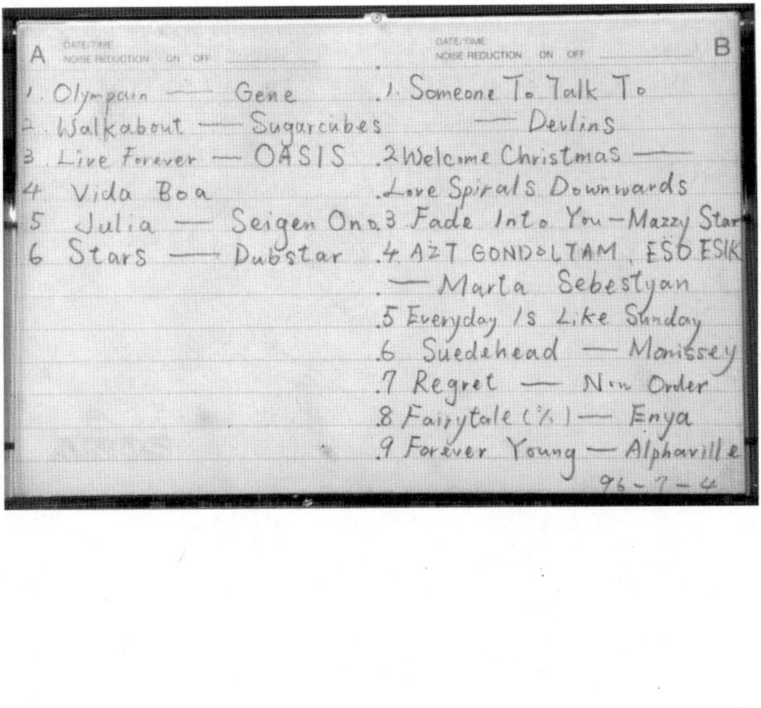
A
DATE/TIME
NOISE REDUCTION ON OFF
B
DATE/TIME
NOISE REDUCTION ON OFF
1. Olympain — Gene
2. Walkabout — Sugarcubes
3. Live Forever — OASIS
4 Vida Boa
5 Julia — Seigen Ono
6 Stars — Dubstar
1. Someone To Talk To — Devlins
2 Welcome Christmas — Love Spirals Downwards
3 Fade Into You — Mazzy Star
4 AZT GONDOLTAM, ESO ESIK — Marta Sebestyan
5 Everyday Is Like Sunday
6 Suedehead — Morrissey
7 Regret — New Order
8 Fairytale — Enya
9 Forever Young — Alphaville
96-7-4

（隱藏曲目）

有時一張唱片播放到最後，會進入所謂的隱藏曲目，也許是一段變奏、幾句獨白，或是在音軌間漸漸散去的殘響。我不確定拿起這本書的讀者中，最後會有多少人翻到這裡，總之，我們現在是在同一頁了。

這本書的緣起可追溯至二〇〇八年夏天，一場音樂講座結束後，當時還在其他家出版社任職的賴淑玲女士請我到誠品音樂館旁的台北人咖啡坐坐，問我有沒有出書的想法。

那時我第一本書的提案仍在各家出版社之間流浪，無主的狀態已超過一年半，一度被引薦到某出版社的流行漫畫線，想當然，結果是幾封互相抱歉的電子郵件。

喝完那杯咖啡又過了半年，一天我收到郵差送來的出版合約，打開信封的時刻，那種激動就像收到轉系成功的通知單。差不多也在同時，我搬到一間神奇的頂樓加蓋公寓，一晃眼，這個冬冷夏熱卻擁有大片天空的屋子，已經是台南老家外我住過最久的地方。

除了偶爾會出一趟很遠的門，十年來我每天就坐在房間裡孤軍奮戰，寫壞了兩張